AF216890

Tucholsky Wagner Zola Sco.. Syaow Freud Schlegel

Turgenev Wallace Fonatne

Twain Walther von der Vogelweide Fouqué Friedrich II. von Preußen

Weber Freiligrath Frey

Fechner Fichte Weiße Rose von Fallersleben Kant Ernst Richthofen Frommel

Hölderlin

Fehrs Engels Fielding Eichendorff Tacitus Dumas

Faber Flaubert

Feuerbach Maximilian I. von Habsburg Fock Eliasberg Zweig Ebner Eschenbach

Ewald Eliot Vergil

Goethe Elisabeth von Österreich London

Mendelssohn Balzac Shakespeare

Trackl Lichtenberg Rathenau Dostojewski Ganghofer

Stevenson Hambruch Doyle Gjellerup

Mommsen Tolstoi Lenz Droste-Hülshoff

Thoma Hanrieder

Dach Verne von Arnim Hägele Hauff Humboldt

Reuter Rousseau Hagen Hauptmann Gautier

Karrillon Garschin Defoe Hebbel Baudelaire

Damaschke Descartes

Hegel Kussmaul Herder

Wolfram von Eschenbach Dickens Schopenhauer

Bronner Darwin Melville Grimm Jerome Rilke George

Campe Horváth Aristoteles Bebel Proust

Bismarck Vigny Barlach Voltaire Federer Herodot

Gengenbach Heine

Storm Casanova Tersteegen Gilm Grillparzer Georgy

Chamberlain Lessing Langbein Gryphius

Brentano Lafontaine

Strachwitz Claudius Schiller Kralik Iffland Sokrates

Katharina II. von Rußland Bellamy Schilling

Gerstäcker Raabe Gibbon Tschechow

Löns Hesse Hoffmann Gogol Wilde Gleim Vulpius

Luther Heym Hofmannsthal Klee Hölty Morgenstern

Roth Heyse Klopstock Kleist Goedicke

Luxemburg Puschkin Homer Mörike

La Roche Horaz Musil

Machiavelli Kierkegaard Kraft Kraus

Navarra Aurel Musset

Nestroy Marie de France Lamprecht Kind Kirchhoff Hugo Moltke

Laotse Ipsen Liebknecht

Nietzsche Nansen

Marx Lassalle Gorki Klett Ringelnatz

von Ossietzky May Leibniz

vom Stein Lawrence Irving

Petalozzi Knigge

Platon Kafka

Sachs Pückler Michelangelo Kock

Poe Liebermann Korolenko

de Sade Praetorius Mistral Zetkin

Der Verlag tredition aus Hamburg veröffentlicht in der Reihe **TREDITION CLASSICS** Werke aus mehr als zwei Jahrtausenden. Diese waren zu einem Großteil vergriffen oder nur noch antiquarisch erhältlich.

Symbolfigur für **TREDITION CLASSICS** ist Johannes Gutenberg (1400 — 1468), der Erfinder des Buchdrucks mit Metalllettern und der Druckerpresse.

Mit der Buchreihe **TREDITION CLASSICS** verfolgt tredition das Ziel, tausende Klassiker der Weltliteratur verschiedener Sprachen wieder als gedruckte Bücher aufzulegen – und das weltweit!

Die Buchreihe dient zur Bewahrung der Literatur und Förderung der Kultur. Sie trägt so dazu bei, dass viele tausend Werke nicht in Vergessenheit geraten.

Eine Kindheit

Hugo Marti

Impressum

Autor: Hugo Marti
Umschlagkonzept: toepferschumann, Berlin

Verlag: tradition GmbH, Hamburg
ISBN: 978-3-8424-9184-7
Printed in Germany

Text der Originalausgabe

Hugo Marti

EINE KINDHEIT

VERLAG VON A. FRANCKE AG. BERN

Geschrieben für meinen Sohn Rolf
im Davoser Sommer 1929

DIE MUTTER

Ich war zwar schon sechsjährig und also schulreif, als meine Mutter starb; dennoch wüßte ich vor diesem unbegreiflichen Geschehnis, das wie ein dunkles Tor am Beginn meiner Schulzeit und des neuen Jahrhunderts steht, nicht viel Erlebtes namhaft zu machen. Ich lebte eben, lebte in Basel, der Stadt am Rhein, nicht weit vom freien Feld: denn die Kreuzung der Hebelstraße mit der Friedensgasse, an der unser schlichtes weißes Haus in einem kleinen, dunkelschattigen Gärtchen stand, bedeutete damals noch beinahe die Stadtgrenze, und eine Gartenmauer schob sich quer über die Hebelstraße und machte sie zur Sackgasse, machte sie zum gefahrlosen, von keinem Verkehr berührten Schongebiet für unsere knabenhaften Kriegsspiele; dahinter aber war offene Weite, Acker und Wiese und im Herbst das wellige Stoppelfeld, von dem meine älteren Brüder an kunstvoll eingerahmten Schnurspulen ihre Riesendrachen in die klaren Lüfte steigen ließen.

Wenn ich nicht so viel aus meinen ersten Lebensjahren zu erzählen weiß, so kommt das sicher daher, daß später niemand da war, der es mir hätte berichten oder in Erinnerung rufen können. Die Mutter tot, die zwei älteren Brüder mit Eigenem beschäftigt und überdies früh aus dem Haus, die jüngere Schwester natürlich unwissend: wer hätte mein Gedächtnis stützen sollen? Der Vater. Die sehr karge Zeit, die ihm Beruf und militärische Liebhaberei für seine Kinder ließen, schien ihm und uns nicht zur Wiedererweckung des Vergangenen und Gestorbenen geeignet; um so weniger, mochte es ihn dünken, da die Gegenwart allzu deutlich den Verlust spüren ließ und das Hauswesen bedenklich ins Wanken geriet. So schwieg der Vater lieber, als daß er viel redete; die neue Mutter aber, die wieder Ordnung schaffte, hatte anderes zu tun, als von der Frühverstorbenen und ihrer Zeit, meiner ersten Jugend, zu erzählen – was hätte sie auch davon gewußt?

Meine Mutter, einziges Kind eines lebenslustigen, alten Pfarrherrn und einer sehr jungen zweiten Gattin, muß nicht nur eine kluge, sondern auch eine ungewöhnlich schöne Frau gewesen sein. Bilder, die sie mit ihren traumhaften Augen unter der Fülle des gelockten Haares zeigen, beweisen es mir heute; damals, als ich sie

selber sah, merkte ich nur, daß sie krank war. Krank saß die stillge-
wordene Frau am Fenster und blickte auf die Gasse hinaus, während ich am Tisch oder auf dem Boden hantierte und mich wohl mit
der kleinen Schwester abgab, die gerade das Stehen und Gehen
erlernte. Dann sagte sie, und die Stimme hör ich noch, nicht ganz
klar und doch voll Klang:»Gib mir das Buch vom Brett.«Ich kletter-
te auf den Stuhl ihr gegenüber, streckte mich, so lang ich war, und
zog die Bibel am etwas schadhaften Rücken aus der Bücherreihe
heraus. Sie war schwarz, kalt anzufühlen, mit zwei metallenen
Spangen querüber. Darin las die Mutter still für sich stundenlang;
zwei Spalten hatte jede Seite, der Druck war eng, die Blätter dünn.
Etwas anderes waren die beiden behäbigen Bände der Kupferbibel,
die ich etwa bettelnd heranschleppte; hier bestanden das Alte wie
das Neue Testament einfach nur aus Bildern, über denen man
Ewigkeiten staunen konnte, während die Mutter erklärte und erzählte; und war solch ein Nachmittag vorbei, so hatte man nicht
hingehört und wußte dennoch alles. So bekam ich früh eine Fülle
Geschichten und Gesichte unverlierbar eingeprägt, deren menschli-
che Mannigfaltigkeit meine Vorstellungswelt austapezierte, während ihr moralischer Gehalt vorderhand noch keine Rolle spielte.

Es geschah aber auch, daß ich nicht still, folgsam und gelehrig
sein wollte, sondern hinaus auf die Straße verlangte, zu den Spielkameraden, in die Werkhöfe der Nachbarschaft. Ich quälte dann
wohl meine arme Mutter sehr, indem ich am Zusammensein mit ihr
und dem Schwesterchen durchaus kein Genügen mehr fand und
dies mit Zwängen, Betteln und Murren unverblümt ausdrückte. Sie
mochte fühlen, daß mir Bewegung in freier Luft nottat, daß es ihr
aber verwehrt war, auf längere Zeit und gar mit Kindern, die beaufsichtigt sein wollten, das Haus zu verlassen. So gab sie wohl wider-
strebend meinem Drängen nach und ließ mich ziehen –:»Aber nicht
zum Schuhmacher Kopp!«, rief sie mir müde nach, ehe die Tür hinter mir ins Schloß schmetterte.

Warum nicht zum Schuster Kopp? Ich weiß es auch heute noch
nicht. Er wohnte etwa drei Eingänge von unserm Haus entfernt, in
einer großen Mietskaserne, war lebhaft, laut von Stimme und
schwarz an Haar und Fingern wie sein pechiges Handwerk. (Gab es
etwa damals schon braune Schuhe? In unsern Kreisen kaum.) Bei
ihm am niedrigen Tisch zu stehen und mit seinen hundert Geräten,

Ahlen, Hämmern und Holzpflöcken zu spielen war allerdings eine Lockung und es war wohl weniger gefährlich, als beim Schmied am Amboß dem Gedröhn johlend zuzuhören oder beim Wagner dabeizusein, wenn das hölzerne Rad in den glühenden Eisenring gepreßt und Eimer voll Wasser darüber geworfen wurden, daß es zischte und stank. Dennoch, der Schuhmacher war verboten, die andern nicht; das erhöhte ins Maßlose sein Ansehen.

Um ganz gerecht zu bleiben: Es kann nicht die laute Art des Schusters gewesen sein, die meiner Mutter mißfiel; denn warum hätte sie mir sonst auch den Umgang mit Frau Born verwehrt, mit der rundlichen, gütigen Frau quer über der Gasse, die nun doch eher miaute als sprach? Um eins von ihren leckeren Mailänderbrötchen zu erlangen, mußte man allerdings durch ein Fegfeuer von Fragen, durch einen Morast von Geschwätz hindurch, und daß sie solche Teilnahme an unserm häuslichen Geschick, besonders am langen Leiden der Mutter bezeugte, gefiel mir an der Nachbarin nicht. Das mag es auch gewesen sein, was die Mutter zurückhaltend machte, und der lebhafte Schuster wird, wenn ich's recht bedenke, eben auch ein Klatschmaul gewesen sein, bei dem die schiefgetretenen Schuhe und alle faulen Neuigkeiten der Straße zusammentrafen. Ich aber sollte wenigstens nicht der mißbrauchte Träger der letzteren sein. Und darum war der Verkehr beim Schmied und beim Wagner, in der klirrenden Spenglerei und auf dem staubigen Bauhof trotz allen Gefahren in den Augen meiner stillen, müden Mutter harmloser.

Daß sie mich milde schalt, als ich mit Spielgefährten in die Laubhütte im Nachbarhof einbrach und sie zum Wigwam entweihte, begriff ich damals kaum; denn was war mir die näselnde und weitschweifige Erklärung des Herrn Aronsohn, der sich bei meiner Mutter über die Verletzung des konfessionellen Friedens beklagte und ihr die ganz überflüssige Versicherung abgab, er habe die Hütte aus grünen Zweigen zur Feier des altehrwürdigen Laubhüttenfestes und nicht für unsere Indianerschleichzüge gebaut? Aengstlicher zeigte sie sich, als ich eines Tages mit blutigen Kratzern am Kopf heimkehrte. Ich hatte, wie es meine Pflicht war, die Küchenabfälle in offener Schüssel dem Nachbar Wagner gebracht, der sie seinen Hühnern verfutterte; meine regelmäßige Ankunft aber hatte sich der Hahn, ein kräftiges Tier, dem ich immer schon ausgewichen war, offenbar gemerkt und an jenem Tage lauerte er mir hinter dem dunklen Torweg auf, überfiel mich, das schwache Bürschchen, das mit beiden Händen die schwere Schüssel über dem vorgestemmten Bäuchlein hielt, und flatterte mir auf den Kopf, krallte sich in meinen Haaren fest und bearbeitete mir Stirn und Wangen und Nase mehr aus Uebereifer denn aus Bosheit mit Schnabel und Sporn. Ich ließ die Schüssel nicht fahren, trug sie laut schreiend an den Ort, der ihr bestimmt war, weigerte mich aber entschieden, in Zukunft dem Hühnerpack das Fressen wieder zu bringen.

Tröstend war der Mutter weiche Hand, als ich das erstemal, doch für mein Leben entscheidend, die Gewalt des herniederzischenden Blitzes erfuhr. Es war wie immer: sie still am Fenster im Wohnzimmer, ich irgendwo im kleinen Haus mit irgendetwas beschäftigt. Ich muß durstig gewesen sein, die gewitterschwüle Luft hatte mir wohl den Hals ausgetrocknet, plötzlich stand ich auf einem Hocker in der Küche vor dem Schüttstein und hatte den Wasserhahn aufgedreht. Es war finster, ein Unwetter rollte über das Haus; doch was focht es mich an? Eben beugte ich mich vor, die kleinen, dreckigen Hände hohl verschlungen, um daraus zu trinken – da fuhr ein schwefelgelber Blitz durch die dumpfe Dunkelheit des Raumes, fuhr blendend vor meinen Augen nieder und schmiß mich vom Stuhl auf den Steinplattenboden der Küche. Man hat später versucht, es mir auszureden, besonders die älteren Brüder stellten es als Schwindel dar, aber ich glaube noch heute im Gefühl fest daran: daß der Blitz die Wasserleitung herabschoß und im Abflußloch verschwand. Die Mutter hob mich, der ich halb von Sinnen war, vom harten Boden auf und in der Stube schloß sie ihre Hände um meine noch zitternden Fäustchen und murmelte ein Gebet, während das Gewitter sich unter knallenden Schlägen verzog.

Einem andern Unfall muß ich es danken, daß ich mit meiner Mutter, kurz bevor sie starb, einige Wochen allein und ohne die störende Einmischung der ältern Brüder in der grünen Hochweite von Langenbruck verleben durfte. Ob sie schon öfter dort Erholung gesucht hatte, ob sie gerade dort weilte, da mir mein Unfall geschah – ich weiß es nicht, aber plötzlich war ich dort und sie auch, und wenn sie vom Mittagessen in unser gemeinsames Zimmer heraufkam, brachte sie ein Stück Kuchen oder eine Frucht mit, die sie für mich von ihrem Munde sich abgespart hatte. Es war so gekommen:

Man hatte mich allein im Haus zurückgelassen, kein Mensch war da, mich zu beaufsichtigen: wozu auch? Ich hatte meine paar Schachteln Bleisoldaten, ich durfte im Garten spielen, es war ein warmer Sommernachmittag. Es wurde mir jedoch zu warm draußen, ein Unwetter trieb mich ins Haus, ich zog mich in die dunkelste Ecke zurück, die war zuoberst auf der harthölzernen Treppe, und dort schlief ich, den Kopf auf die Arme gebettet und diese auf den Knien verschränkt, vor Wettermüdigkeit ein. Wie lange das währte, ahne ich nicht; aber als ich Stimmen hörte und aufwachte, lag ich unten an der Treppe, die ich offenbar im Schlafe, vielleicht von einem Donnerschlag geschreckt, heruntergekugelt war. Man versuchte ein vernünftiges Wort aus mir herauszubekommen, aber ich begriff in meiner Schlaftrunkenheit selber nicht viel von der Geschichte; man betastete mir Kopf und Glieder, ich schien heil geblieben zu sein, und das war die Hauptsache. Als nach einigen Tagen meine rechte Wange anschwoll und ich Schmerzen empfand, vermutete man, daß mir beim Sturz ein kleines Endchen Stahlspan (womit man die hölzerne Treppe blank zu scheuern pflegte) unter die Haut gedrungen sein müsse; das verursachte nun natürlich eine Eiterung. Der Arzt mäkelte schon damals an meinem Blut, das mir, wenn es gelegentlich aus unschuldigen Bubenwunden quoll, doch immer rot genug und unverdächtig schien. Wie dem sei, ich wurde nach Langenbruck gebracht – und da war meine Mutter, glücklich mich zu haben, traurig, weil auch ich krank war.

Ich sollte um des winzigen Stahlspan-Endchens willen geschnitten werden. Eine der Krankenschwestern (deren knisternd steife Schürzen immer so gut rochen) trug mich ins Kellergeschoß, wo der Operationsraum war. Sie legte mich, der ich im Nachthemd oder gar nackt war, auf einen mit schwarzem Wachstuch bespannten Liegestuhl oder Operationstisch nieder. Mich aber juckte seine Hitze, die mir die Haut verbrannte, sofort wieder empor: da erwies es sich denn, daß die Sonne durch ein Oberlichtfenster gerade dieses Lager stundenlang beschienen und zum Glühen gebracht hatte, und kühle Linnen wurden nun schleunigst und unter Ausrufen des Bedauerns herbeigeschafft, ein Wirbel weißer Hauben war um mich, und ehe ich mich dessen versah, war meine geschwollene Wange geschnitten und ihres eklen Inhalts entleert. Den bösen

Stahlspan bekam ich nie zu sehen, aber eine kräftige Narbe ist mir zeitlebens davon geblieben.

Es kamen schöne Wochen des Genesens in der grünen Welt von Langenbruck, zwischen Wald und Wiese und den ziehenden Wolken nahe, und die Mutter war wie weiche Luft um mich. Ich glaube, sie wurde von vielen Menschen sehr geliebt.

Ihr Tod, kurz darauf, brachte allerlei Aufregung ins kleine Haus. Im hintern Zimmer war sie aufgebahrt; durchs Schlüsselloch konnte ich einen Teil des Sarges und die strengen Falten des Bahrtuches sehen, aber wenn Besuche kamen, um das Antlitz der Toten ein letztesmal zu betrachten, sträubte ich mich heftig, mit ihnen in das düstere Zimmer einzutreten. Meine Brüder, so fühlte ich schaudernd, gingen dort mit geschäftiger Miene, doch allzu werktätig ein und aus. Im ganzen Haus roch es betäubend nach Blumen und Kränzen. Vor dem Gartentor, auf der Straße, wurde ein Tischchen mit einer offenen schwarzen Urne aufgestellt, dort legten Nachbarn und Bekannte nach altem Basler Brauch ihre Namenkarte als Zeichen der Teilnahme nieder. Das ließ ich mir nun allerdings nicht nehmen: mich neben der Urne zu postieren und Straße auf und ab Ausschau zu halten nach den Frauen und Männern, die für diesen feierlichen Akt in Betracht kamen. Ich kannte sie ja alle, und wo ich fern ein vertrautes Gesicht erspähte, lächelte ich es freundlich und einladend heran, so daß manche Trauermiene sich entspannte, wenn sie sich endlich über die Urne gebeugt und den schon vorhandenen Inhalt an Karten rasch abgeschätzt hatte. Mir fuhr manche Hand über das rauhe Haar oder unter das Kinn, und ich dankte laut für alle Teilnahme und Aufmerksamkeit und kam mir wichtig vor.

Meine Brüder nützten den Anlaß auf ihre Weise aus – oder versuchten es wenigstens. Mili beharrte lange und mit zäher Geduld darauf, am Leichenbegängnis auf dem Wagen, der den Sarg dahinführte, und zwar neben dem Kutscher Platz nehmen zu dürfen; Bockfahren war das schönste, was er kannte, und ein wenig verstand er das Kutschieren schon. Aber der Vater gab diesmal nicht nach, und Milis Laune war für das ganze Begräbnis verdorben. Fritz hingegen, der die Leichtgläubigkeit meiner jungen Jahre immer wieder zum Narren hielt, sprengte mich plötzlich vom Eßtisch ans

Fenster, weil er verzückt in die blaue Luft starrte und ausrief, jetzt gondle die Mutter in ihrem Kahn direkt in den Himmel, man könne sie deutlich sehen. Als ich merkte, daß ich gefoppt worden war, riß mich ein Anfall von Raserei zu einem heftigen Angriff auf den viel älteren Bruder hin: ich sprang ihn an, wie ein kleiner Köter einen Metzgerhund hoffnungslos attakiert, fuhr ihm mit den Nägeln ins Gesicht, mit dem Kopf gegen den Leib, mit den Zähnen ans Handgelenk. Der Vater griff unsäglich traurig in das ungleiche Handgemenge ein; er sah wohl den Verfall der Erziehung voraus, der uns, den vier mutterlosen Kindern, drohte und den er nicht abzuwehren vermochte. Man streifte mir ein schwarzes Matrosenkleidchen mit weißen Litzen am Kragen über, und voll Erstaunen sah ich, daß sich unterdessen eine ganze Menge Menschen auf Flur und Treppe, im Garten und auf der Straße gesammelt hatte. Mein Vater nahm mich an der Hand und wir schritten langsam hinter dem Sarge her.

DER GROßVATER

Es kam nicht zu selten vor, daß man den Eisenbahnzug bestieg und nach Liestal fuhr; das war nicht gerade weit, aber dennoch eine Reise. Von dort ging man zu Fuß, bedächtig, damit meine Beine Schritt halten konnten, nach Bubendorf. Dort wohnte der Großvater, und das Dorf hieß so, weil er viele Buben in der Schule unterrichtete.

Er sah bald aus wie ein Bauer, bald wie ein Schulmeister, und er war ja auch beides. Aber warum nannte man ihn den Großvater? Denn groß erschien er mir niemals; wahrscheinlich weil ich ihn immer mit seinen Söhnen verglich, die stämmige, hochgewachsene Männer waren. Von den Onkeln kannte ich nur meinen Taufpaten Adolf so recht, er kam des öftern in Basel zu uns, war ein hervorragend strichsicherer Zeichner und Radierer, erzählte von Italien, von Elba und spielte Geige. Seine Brüder vermochte ich dagegen nicht recht auseinanderzuhalten; bald war der eine da, bald der andere, und beide waren Turner, Schützen, Soldaten. Soldat, sogar eifriger Offizier und am Ende Führer des Basler Regiments und Oberst, war auch mein Vater, während ich den Berner Onkel, den hageren Professor der Theologie, wieder mehr meinem Paten, dem Künstler, beiordnete. So teilte ich früh schon nach physiognomischen Merkmalen (die Unterlippe spielte eine große Rolle) die Männerschar der großväterlichen Familie in zwei Lager ein, die auf verschiedene Weise mit der Welt umgingen und sie erfaßten. Im Großvater jedoch, der breit und klein, mit dem schwarzen Schlapphut über den scharfen Augen und der Hängelippe im Bartgestrüpp daherkam, waren noch beide Schläge vereint: der zäh und zielbewußt aufstrebende Schulmeister und der erdnahe und angriffige Bauer.

Aus dem anspruchslosen Bezirk des Aarwanger Burgernutzens war der junge Samuel, eines armen Leinenwebers und Landbriefträgers Sohn, in die Welt des Geistes ausgebrochen, durch das einzige, schmale Türchen, das solch einem mutigen Ausbrecher offensteht: durchs Seminar in das weite Feld des Volksschullehrers. Der junge Berner, der gewiß ein Feuerkopf war und seinen Schädel dort nicht schonte, wo es hart auf hart ging, verließ eine Stelle irgendwo am Brienzersee und zog ins Baselbiet. Er suchte die liberalere Luft;

daß er sie hier fand, bezweifle ich nicht. Er blieb von Herzen ein Berner und wurde von Verstand ein Baselbieter. Ich glaube bestimmt zu fühlen (auch an mir zu fühlen), daß seine Niederlassung die Folge einer geistigen Wahlverwandtschaft war. Die vielen Achtundvierziger, die über den Rhein gekommen waren und sich so rasch dem Landschäftler Volkskörper einverleibten, der unabhängige Geist der kleinbäuerlichen Bevölkerung, ihr Räsonieren, ja der scharfe Zugwind von Aufklärung und politischem Radikalismus: das alles schuf den anregenden geistigen Atemraum für den Volksschulmeister mit den verwegen hoch gesteckten Lebenszielen – ach, nicht mehr für sich, sondern für die Nachkommenschaft. So wie er die Baselbieter verstand, verstanden sie ihn, den oft etwas bedächtigeren, aber jäheren Berner, und sie vergalten Treue mit Dank. Sie verliehen ihm, als er zwei seiner Söhne unter unendlichen Opfern in die höheren Schulen gebracht hatte, das vererbliche Ehrenbürgerrecht, das den Genuß von wissenschaftlichen Stipendien erst möglich machte; er zahlte es mit einem halben Jahrhundert Dienst an der Volksschule. Sein Schicksal, wie er es selber mit unermüdlichen Händen formte, war irgendwie sehr schweizerisch und sehr zeitgemäß.

Aber nicht nur breite und große Männer gingen in dem Bubendorfer Hause, gleich rechts am Dorfeingang, aus und ein. Die Großmutter war auch da und zwei Tanten, und diese Frauen trugen wahrlich am Geschick der Familie nicht weniger kräftig mit als die Männer. War der Großvater Samuel Lehrer und Bauer, so war die Großmutter Barbara Arbeitslehrerin und Hausfrau; die Lasten waren ohne Ansehen der Person verteilt. Die Frau kam wie der Mann etwas gebückt daher (so wie mir die Erinnerung ihr scharfes Bild aus späten Lebensjahren bewahrt), sie hatte ein spitzes Gesicht und darin zwei liebevoll strahlende Augen. Sie kleidete ihre Kinder selbst, sie strickte die Nächte hindurch – die Arbeit des Tages ließ ihr keine Zeit dazu – und sie verfertigte noch eigenhändig die Lederschuhe, die sie ihrem studierenden Sohn in die Stadt schickte. Kam dieser in den Ferien heim, so war es selbstverständlich, daß er die Kühe hüten ging, ob er dazu nun hebräische Psalmen kommentierte oder den Homer las, was beides ja gewiß durchaus zu der Beschäftigung am herbstlichen Hirtenfeuer paßte. Und zur Familie des Dorfschulmeisters paßte es auch, daß sich Schwestern wie Brüder wenn auch nicht der griechischen Sprache, so doch der griechischen Schrift in ihrem Briefkartenwechsel bedienten, was den Postboten zu einem Umweg ins Pfarrhaus zwang, wo er mißmutig bat, man möge ihm den Inhalt der unleserlichen Handschrift entziffern. Doch weder die Gelehrsamkeit noch gar das stille Heldentum waren es, was mich und mein Bubenherz an das niemals ganz ergründliche Haus fesselte. Es war nicht der Garten mit den altmodischen Blumen und dem Urwald von Bohnenstauden, in dem man sich verstecken konnte, bis die Tanten wirklich ängstlich wurden; es war nicht das Lusthäuschen aus überranktem Lattenwerk, obwohl dort der Tisch mit der riesigen kreisrunden Schieferplatte stand, auf der, kräftig eingeritzt, eine Landschaft: Hügel mit Haus und Pappeln zu sehen war, dieselbe, die man durch das offene Tor der Laube erblickte, eine sinnfällige Lehre von Natur und Kunst; es war nicht der kleine Stall und nicht der Hühnerhof, vor denen das Stadtkind stundenlang staunen konnte. Dem Hause eingebaut, von der Straße unmittelbar durch eine Tür, an der eine Klingel heftig schellte, erreichbar war ein Kramladen, der von der einen Tante verwaltet und bedient wurde. In ihm war alles zu haben, was man sich für Geld wünschen konnte. In ihm roch es unbestimmbar nach allem Süßen und Bitteren, das in den Schubladen verteilt war. In ihm stand der schwere Ladentisch mit Waage und Geldschlitz, standen Tonnen und Fässer und, in der dunkelsten Ecke, die Zuckersäcke. Der Kramladen war das Herzstück von Bubendorf, sein Sinn und seine tiefe Bedeutung.

Zwei Stufen führten aus dem Kramladen in die Wohnstube. Dort, zur Mittagsstunde, saß man am großen Tisch, schon dampfte die Suppe aus den Tellern, man wartete auf die Tante, die noch im Laden bediente. Oben beim Fenster der Großvater, mit dem Schlapphut auf dem Kopf. Ich habe ihn nie ohne Hut gesehen; beim Essen trug er ihn, am Abend auf dem Ofentritt trug er ihn, in der Schulstube trug er ihn – ich glaubte sicher, auch im Bett trage er den Filz, und war nur erstaunt, daß seine Krempe hinten nicht platt herunterhing. Bevor eine der Tanten das Tischgebet sprach, griff ihm die andere etwa an den Hut, wenn er, alt geworden, vergaß, ihn die kurze Weile zu lüften; brummend ließ er's geschehen. Während dem Essen geschah es nicht selten, daß die Klingel schrillte; ein Blick zwischen den zwei Schwestern verständigte sie, und leise ging die eine vom Tisch, um den verspäteten Käufer zu befriedigen. Dann rumorte etwa der Großvater besonders klangvoll mit Löffel oder Gabel am Teller herum, um dem zeitqueren Kunden zu verstehen zu geben, hier werde in der Mittagsstunde gegessen. Er war pünktlich, und noch ehe er recht fertig war, wartete ein Rudel Schulkinder vor dem Haus auf ihn: gleich begann wieder der Unterricht.

Mir aber, wenn das Mittagsmahl vorbei und die brütende Sonne nur durch die Ritten der geschlossenen Fensterladen zu ahnen war, schlug meine seligste Stunde. »Darf ich, Tante?«»Gang, du Stumpe!« Ich glitt über die zwei Stufen in den dunkeln Laden und gleich rechts hinter dem Verkaufstisch zu den Säcken, die am Boden standen. Ich war nicht viel größer als sie. Ich schlug die Sacktuchenden zurück und griff hinein und fischte mir Zuckerstücke heraus. Es war – ach nein, so war es: die Sackleinwand roch sehr stark, säuerlich und beklemmend, sie war rauh anzufühlen und kitzelte einem die Wange, schmiegte man sich im Finstern eng daran. Der Zucker war gründlich verschieden in den Säcken; ich zog den großbrockigen, feinkörnigen vor, den man leicht mit den Händen zerkleinern konnte und der einem im Mund staubig zerging. Er schmeckte herrlich, knirschte an den Zähnen und machte die Finger nicht klebrig. Man konnte und konnte sich von den Säcken nicht trennen, auch wenn die Lust gestillt war und der Magen schon gar nicht mehr recht mochte; aber das Gefühl, mit dem Ellbogen auf einem Sack zu ruhen, der überhaupt nicht zu erschöpfen war, und diesen süßen Schatz immer und immer wieder mit den Fingern betasten zu dürfen – das war Reichtum und Ueberfluß und das machte glücklich. Die gute Tante verfügte über das Paradies und sie ließ es mir täglich sperrangelweit offen stehn.

Es dünkt mich gerecht und tröstlich, daß ich die zähe, arbeitsschwere Alltagsgestalt des Großvaters am deutlichsten sehe, wenn ich an die Stunde denke, in der sein Leben geehrt wurde. Das war, als er fünfzig Jahre Schuldienst hinter sich gebracht hatte. An alle behördlichen Umstände erinnere ich mich nicht, nicht an Reden in der Kirche noch an Schulmeisterzeremonien und Veteranensprüche; aber daran, wie plötzlich auf dem kleinen Platz vor dem Hause weißgekleidete Turner in gestaffelten Reihen stramm standen, knappe Freiübungen ausführten und klipp und klapp Füße und

Arme schleuderten, daß es von den Mauern widerhallte. Der Großvater, den Schlapphut keck von der Stirn zurückgeschoben, sah lächelnd über die Schar hin: er hatte viel für das Turnwesen getan und fünfzig Jahrgänge Jungmannschaft gedrillt und die Männer, die sich da mit weitgespreizten Beinen tief vor ihm neigten, den Kopf zwischen den steifgereckten sehnigen Armen, die waren auch seine Buben gewesen und er fühlte sich im Guten und Bösen irgendwie für sie verantwortlich und für ihr Fortkommen in der Welt – ja, es freute ihn, daß sie gekommen waren, die Turner des Dorfes, zu ihm, dem Schulmeister.

Aber was schleppten sie da herbei, was trugen die zwei Burschen, die aus der Tiefe des sonnigen Platzes heraufstiegen und vor denen die andern wie schaumweiße Wogen zur Seite wichen? Jetzt standen sie vor der Steintreppe, die ins Haus führte, jetzt erstürmten sie die Stiege, und man sah, was sie trugen: einen gepolsterten Lehnstuhl für den Jubilar. In der Stube stellten sie ihn nieder, wollten den Großvater daraufzwingen, lachten und redeten laut auf ihn ein, er aber wehrte ab. Mit einem zornigen Ruck riß er den Hut in die Stirn, über die funkelnden Augen, und während er knurrend für die turnerische Vorführung und das Geschenk dankte, hatte er Mühe – sogar ich merkte dies – den Aerger über den Greisenstuhl zu unterdrücken. Ich sah ihn später selten darin ausruhn, aber das würdige Möbel stand der lieben, alten Stube wohl an.

DIE BRÜDER

Die ersten Schuljahre, für andere Kinder ein unvergeßliches Erlebnis, blieben mir offenbar recht gleichgültig; ich habe nie im Leben an die Schule als an einen freundlichen Garten der entschwundenen Jugend zurückgedacht noch von ihr als von einem bedrückenden Alp geträumt. So sonderbar es klingt – von meinen ersten Schuljahren in St. Johann sind mir eigentlich bloß die Stunden in Erinnerung, die ich nicht auf der Schulbank verbrachte. Daß ich die Stadt früh und gründlich kennen lernte, das war die abseits gewachsene schmackhafte Frucht meiner sonderbaren Erziehung.

Mein Lehrer, ein stämmiger Bündner, dem das Schulhalten offensichtlich Spaß machte und der auch gelegentlich mit nicht verhehltem Vergnügen Standrecht übte, Strafen erteilte, sogar mit kantigem Lineal auf die kindlichen Finger klopfte – ach ja, und der von uns verlangte, daß wir jeden Montag ein noch unentfaltetes Taschentuch und einen blütenweißen Tintenwischlappen vor uns auf dem Tisch liegen hatten, links und rechts davon aber unsere sauber gewaschenen und geriebenen Hände, die während seiner Inspektion rasch umgeklappt werden mußten, damit er sie oben und unten sah – dieser Lehrer schickte mich häufig, unglaublich häufig vom Unterricht weg, nicht zur Strafe, sondern weil ich ihm Besorgungen machen mußte. Hatte er herausgefunden, daß ich mich anstellig erwies, seine Befehle zur Zufriedenheit erledigte, mich bald in der Stadt auskannte? Ich denke es, und ich wage beizufügen, daß er wohl auch bald einmal der beruhigenden Meinung war, meine Spaziergänge täten meiner jungen Bildung keinen Abbruch. Mein Vater unterschrieb, ohne meine Leistungen eines Lobes oder überhaupt einer Bemerkung zu würdigen, die eintönigen Einerkolonnen meiner Schulzeugnisse mit seiner klaren, kräftigen Handschrift, und sonst war ja niemand da, dem meine mühelos gepflückten Lorbeeren hätten Eindruck machen können. Als ein Bekannter meinem Vater einmal in meiner Anwesenheit – es war auf dem Liestaler Kasernenhof, die beiden Männer staken in Uniformen, ich trieb mich ohne Scheu im militärischen Lagerleben herum – als er ihm mein verständiges und aufgewecktes Wesen lobte, wurde mir sehr unbehaglich zumut, ich empfand beinahe Ekel vor mir selber und der Mann jedenfalls verlor meine Achtung ganz: wie, aufgeweckt hatte er gesagt? Wenn etwas nicht stimmte, war es dies! Meine älteren Brüder mußten tagtäglich aufgeweckt werden, ich nicht, ich verwünschte den Schlaf in der Morgenfrühe, ich war wach, bevor sich jemand im Hause regte – nein, aufgeweckt – und überhaupt, was meinte der Mann damit? Es ging ihn ja gar nichts an.

Schickte mich mein Lehrer aus nach Schulutensilien wie Griffeln, Bleistiften, Stahlfedern, aber auch nach Kragenknöpfchen, Schuhriemen und Rauchwaren, so mußte ich für die ältern Brüder Besorgungen ausführen, gegen die sich mein Stolz oft auflehnte. Hätten sie nicht ihre durchlöcherten Schuhe selber zum Schuster tragen und ihre geborgten Fastnachtskostüme eigenhändig zurückschleppen können? Oh, es gab Schlimmeres noch! Was sie da oder dort aus Geschäften zur Auswahl kommen ließen, Kleider, Bücher, Malgeräte, durfte ich wieder hinbefördern, auch wenn mir die Last oft fast zu schwer, das Bündel für meine kurzen Arme wirklich zu umfangreich war. Ich war der Ausläufer, ich trabte auf meinen Beinchen, im grauen Kittelmantel, bei Regenwetter unter der Pelerine die lange Hebelstraße hinein stadtwärts, in die Spalenvorstadt, auf den Marktplatz hinunter, ja über die Brücken nach Kleinbasel hinüber, was immer schon eine Reise in eine andere Welt war. Langsam lernte ich so die halbe Stadt gründlich kennen, und je freier und frecher ich fern von Schule oder Elternhaus in den steilen Gassen, die zum Münster hinaufklommen, oder an den verwegenen Rheinufern umherstreunte, umso stärker wurde auch mein Gefühl für Unabhängigkeit und mein Sinn für das völlig Fessellose, Ungezügelte, Selbständige: es war eine gefährliche, schöne Erziehung in der Freiheit und durch sie.

Daß ich dabei regiererisch und herrschsüchtig wurde, wundert mich heute nicht so sehr, obwohl ich mich zweier Beweise dafür mit nicht ganz beifälligen Gefühlen erinnere:

In unserm schattigen Garten hatte mein Bruder Mili eine kleine Schildkrötenfarm angelegt. Meine Spielkameraden von der Gasse waren nicht mehr aus der Ecke wegzubringen, wo unter Tannen die gepanzerten Tiere herumkrochen. Um ihnen zu imponieren, hatte ich eins der Biester aus der Umzäunung herausgehoben und auf seine Rückenschale gelegt; da lag es nun und zappelte und schaukelte hin und her. Mir graute davor, es nochmals anzurühren, und um meine Genossen zur Tat anzuspornen, deklamierte ich, scheinbar ganz ruhig, überlegen und ein wenig spöttisch (weil ich sie so in meiner Macht wußte): »Es gibt ein Sprichwort, dem müßt ihr gehorchen, und das lautet: Wer es herausgenommen, muß es nicht wieder hineintun!« Sprichwort? Und einem Sprichwort gehorchen? Wer hatte mir diese Gewalt der öffentlichen Meinung und der Sitte in die Hand gegeben? Ich war ein Knirps und ich machte davon einen unbarmherzigen Gebrauch. Ich wiederholte vor den entsetzten Kameraden gebieterisch den Spruch – ich höre ja noch, wie ich die Regel ins Hochdeutsche hinein erfunden hatte; ich sagte: » . . . wieder einentun« – und langsam griff einer zu, überwand seine Furcht und gehorchte mir, dem in mir Wort gewordenen Gesetz, und führte den Befehl aus.

Ein anderes: in den schattigen Anlagen vor dem Schulhaus lief ich mit den Klassengenossen um die Wette. Fast immer gewann ich den Lauf, und wer es mit mir aufgenommen hatte und verlor, der zahlte mir eine Abgabe. Eine blanke, beharrlich eingeforderte Abgabe, ich kann es nicht beschönigen: einen roten Rappen, sogar einen Batzen, und natürlich die ewigen Tausch- und Geldwerte des Bubenalters: Marmeln (die man in Basel Glugger nannte), ein Bleistück, ein Trillerpfeifchen, eine Patronenhülse. Was immer es war, die Abgabe mußte her, ich bestand darauf. Warum, wozu? Weil ich es fühlen wollte, daß ich herrschte. Sonderbar dünkt mich heute nur, daß die andern – gehorchen wollten. Aber ich vermute, daß sie daran ebenso sehr eine Art von Gefallen fanden wie ich am Herrschen. Kinder sind auch Menschen.

Den Vater sah ich mittags und abends. Die übrige Zeit des Tages war ich der Schule und mir selber überlassen. Ging es hoch her, nahmen die Brüder sich meiner an. Dies geschah etwa so:

Sie zogen an klaren Herbsttagen mit mir aus auf die weiten Felder, die abgemäht und sonnverbrannt gegen die elsässische Grenze sich dehnten. Fritz ging mit langen Schritten voran; Mili schob den Kinderwagen, in dem das Schwesterchen still vergnügt saß; ich hielt mich seitlich am Wagenkorb fest und hopste halb gehend halb springend mit, denn die Fahrt hatte Tempo, wenn Mili sie leitete. Irgendwo weit draußen kampierte man: der Inhalt des Wagens wurde auf den stoppligen Boden gebettet, eine Feuergrube ausgehoben, die kilometerlange Schnur, an der man den Drachen steigen ließ, in der Astgabel sicher befestigt und diese in die Erde gerammt. Es war ein herrliches Leben in Luft und Licht und in der immer ein wenig gruseligen Spannung, die das Unternehmen umwitterte. Um mich, soweit ich sah, wogte das gelbliche Feld, fern aufgehalten durch die blaue Mauer der Vogesen; da und dort ein Baum, ein einsames Gehöft; seitlich schnurgerade der Eisenbahndamm; über allem die Savannenluft, die zu jenem Rheinkniewinkel gehörte wie der Dschungel unten am Strom und die alten Lachsfallen und wie der Bannwart und die Grenzwächter, mit denen man unschuldige Grüße tauschte. Während der Drache stieg, je nach den Luftschichten und Windströmungen, die er durchzog, rascher oder langsamer, wurde ich auf Kundschaft und Beute ausgeschickt: ich schlenderte dem Bahndamm zu, kroch an seinem sandigen Hang hinauf, bis ich die glühwarmen Schienen mit der Hand ergreifen konnte, und spähte dann links und rechts den schimmernden Eisenbändern entlang nach dem Streckenwärter aus. War er nicht zu sehen, schob ich mich auf die Schienen selber hinauf, nicht ohne – wie mir das von Mili beigebracht worden war – das Ohr zuerst an sie zu legen, um zu hören, ob ein Zug auf der Strecke fahre. Dann schnellte ich auf Knien und Ellbogen darüber hin und glitt den jenseitigen Hang hinab in das Kartoffelfeld, grub einige der besten Stauden aus und stopfte mir die Knollen, von denen sich die trockene Erde leicht abschütteln ließ, vorne und um den Leib herum in die blauweiße Matrosenbluse. Den Rückzug beschleunigte die Angst, aber stolz lieferte ich den Raub den Brüdern ab, die unterdessen ein möglichst rauchloses Feuer entfacht hatten, in dessen aschenhelle Glut nun die Feldfrüchte zum Braten gelegt wurden. Zog man sie – es dauerte ewig lange – endlich hervor, so verbrannte man sich querst die Finger, dann die Lippen an den stark duftenden Knollen, aber sie schmeckten besser als ein Sonntagsmahl zu Hause.

Nicht jedesmal ließ sich der Aufbruch aus dem Feldlager in Ruhe und ungestört abwickeln. Ging alles nach der Regel, so wurde der Drache langsam heruntergehaspelt, das Feuer in der Grube ausgetreten, wurden die Kartoffelschalen verscharrt und die Kissen und Decken sorgfältig im Kinderwagen verstaut, dann lud man das Schwesterchen auf und zog wieder der Stadt zu – es war schwermütig und feierlich wie die Fahrt von Landsiedlern durch die abendliche Prärie im amerikanischen Westen. Anders jedoch, wenn einer der Brüder etwa auf dem Bahndamm die verdächtige Gestalt eines Bauers auftauchen sah oder wenn der Bannwart zur Unzeit über unser Lager kam und der Kartoffelduft weitherum uns verriet. Dann fuhr die Eile der höchsten Not in unsere Schar: das Schwesterchen flog im Bogen in den leeren Wagen, Mili raffte die Decken und Kissen zusammen und stopfte sie, schon auf der Fahrt, dem schreienden Kind unter Arme und Leib und schob quer über das Feld mit dem Karren ab. Mich ergriff Fritz am Oberarm und setzte mit mir in langen Sprüngen davon; meine Füße schleiften mehr über den Boden, als daß sie ihn traten. Vor mir holperte der Kinderwagen über die Schollen, über aufstäubende Ackerfurchen hinweg, seine Räder drehten sich in der Luft mehr als auf der Erde; mit der einen Hand stieß Mili das Kind, das herauszuhüpfen drohte, in die Kissen hinein, mit der andern lenkte er die tolle Fahrt. Hinter uns flackerte das Feuerchen, schmorten die mühsam erbeuteten Kartoffeln, und wenn wir im Schutz der ersten Vorstadthäuser anhielten und Atem schöpften, konnten wir hoch in blasser Herbstluft den Drachen schweben sehn, unbekümmert um all unsere irdische Hast, in himmlischem Frieden sich leise wiegend. Die Brüder knirschten mit den Zähnen, aber bei einbrechender Nacht holten sie ihn doch noch herunter und retteten die Schnur, ihren stolzen Besitz und eine ganz respektable Kapitalanlage.

Ach nein, es war keine Anleitung zu stillem, häuslichem Leben, die ich von den Brüdern empfing. Ihr eigenes Leben war, so schien es mir, täglicher Kampf, ihr Schulweg ein Kriegspfad. Sie gingen mit Schlagringen im Hosensack und mit Gummischläuchen in der Wachstuchmappe unterm Arm. Sie nahmen an jenen heroischen Feldzügen teil, die zwischen verschiedenen Schulen und Stadtvierteln ausgefochten wurden. Sie kamen mit Wunden und Striemen heim, aber sie erzählten auch von Beulen und Schrammen, die sie andern zugefügt hatten. Ihr kriegerisches Dasein blieb offenbar dem Vater so lange verborgen, bis Mili eines späten Abends richtig angeschossen nach Hause hinkte; seine Feinde hatten ihm, der sicher einer der Gefürchtetsten war, in der Dämmerung aufgelauert, als er von einer Geigenstunde zurückkam. Am schwarzen Holzkasten, der sein Instrument barg, waren die Spuren des Schrothagels zu sehen, und er selber blutete am Oberschenkel. Ob der Einspruch des Vaters dem Treiben ein Ende zu setzen vermochte, weiß ich nicht.

Wohl war eine Haushälterin da, die uns Kinder notdürftig bei Kleidung und Gesundheit hielt. Aber ihr Hauptzweck im Familienkreis schien doch der zu sein, von den Brüdern aufs Korn genommen und geplagt zu werden. Ich selber war ihren Befehlen natürlich gefügiger, aber mein Respekt vor ihr war doch lächerlich gering, wenn ich das Auftreten der bewunderten Brüder mit verständnisvollen Augen verfolgte. Fritz hatte die Interessen und den Umgang eines Gymnasiasten; einige studentische Allüren, die er sich frühzeitig beilegte und die wir andern nachäfften, brachten ihn gelegentlich in Konflikt mit der Hausordnung; aber er war schön und würdevoll mit seinen violetten Bändern und Mützen und umgeben von seinen bemalten und bezirkelten Aschenbechern, Humpen und Gesangbüchern, Milis Freuden waren einfältiger und naturgemäßer, aber seine Liebhabereien entbehrten durchaus nicht eines ungewöhnlichen und überraschenden Reizes. Sein gutes und wehmütiges Herz ließ ihn die Tiere lieben und gelegentlich mit Erfolg zähmen. Ein Rabe mit gestutzten Flügeln spazierte im Garten herum, krächzte jeden Besuch mißtrauisch an, hüpfte aber seinem Herrn mit drolligem Eifer und sehr zutraulich um die Beine. Waren die Schildkröten nicht in ihrer Umzäunung zu finden, so hatte sie Mili wohl in sein Zimmer verpflanzt, wo man auch Feuersalamander und anderes ähnliches Getier im Stubenarrest antreffen konnte. Wenn Mili einmal unverhältnismäßig lange schweigend verharrte und auf Fragen nur mit den Händen Antwort gab, hatte dies mit Stummheit nichts zu tun; er übte sich bloß in dem Kunststück der Geduld, zwei Regenmolche eine geraume Weile in der feuchten Höhle seines Mundes zu beherbergen. Tat er endlich die Zähne voneinander, spazierten ihm die Tiere ganz manierlich und vielleicht etwas benommen aus dem Schlund. Am Mittagstisch geschah es nicht so selten, daß ihm ein Geschwader Maikäfer, das er auf dem Heimweg rasch gesammelt und im nächstliegenden Käfig verstaut hatte, aus der Bluse kroch und über seinen Nacken und Hals die Freiheit wiederum zu gewinnen trachtete. Ihr Kribbeln brachte ihn nicht aus der Fassung und Ruhe; solange ihm keiner in die Suppe torkelte, duldete er ihre Freizügigkeit, der er nach Tisch erst ein Ende bereitete.

Mit den Jahren wuchs sich die Verschiedenheit der Brüder sichtbarlich aus; auch ich empfand sie staunend, und unserm Vater
mochte sie zu den vielen andern beunruhigenden Zeichen der Ver-
wilderung als ein bedenkliches Hindernis für die Erziehung vor-
kommen. An einem jener mutterlosen Weihnachtstage überreichte
Fritz dem Vater einen Offizierssäbel, zu dem beide Brüder Erspartes
und Erworbenes beigesteuert hatten; und zwar trat er mit der ihm
eigenen Unbefangenheit in einer kleinen Szene auf, schlug einen
malerischen Radmantel mit weitem Schwung zurück auf die Schultern, trug einige Verse vor, die er nicht selber gedichtet hatte,
schnallte sich den Degen von den Lenden, streckte ihn dem Vater
dar und hüllte sich wieder tief in seinen romantischen Umhang –
der Vater war gerührt, Mili und ich klatschten Beifall und das flinke
Theater verdiente ihn auch. Nun kam die Reihe an Mili: er griff
behende und doch verlegen unter das Kanapee, auf dem er saß, und
holte eine Holzschachtel hervor, ein Werk seiner Laubsägekunst, in
der er sehr tüchtig und erfinderisch war; was aber die Handschuh-
schachtel auszeichnete, war ihre Bemalung, eine dick aufgetragene,
fast lackartige Schicht schönsten Rotes, das sich, als man mit er-
staunten Fragen in den schmunzelnden Handwerker drang, als sein
währschaftes und unverfälschtes Herzblut erwies – er litt häufig an
lästigem Nasenbluten, hatte aus dieser Not eine Tugend gemacht
und seit Wochen mit dem billigen Färbstoff den einen Anstrich auf
den andern gefügt. Neben solchen Geschenken fiel natürlich mein
Lesezeichen erbärmlich ab; es war ein Zelluloidblättchen, in dessen
vorgelochtes Muster ich mit Seidenfaden die Bitte »Gedenke mein!«
eingestickt hatte. War es eine Vorahnung der für mich erdrücken-
den Konkurrenz oder überhaupt meine stark entwickelte Selbst-
sucht, die mich das zweite Wort des Ausrufs mit doppeltem Faden
hatte sticken lassen? Jedenfalls war kein Zweifel über Sinn und
Betonung des Notschreis möglich.

Was mir die Brüder beibrachten, war weniger Sitte und Anstand,
als einige schlimme Kunststücke, die auf meiner Anlage zur Nach-
äffung fremder Stärken oder Schwächen beruhten. Eine Glanzvor-
stellung, an der sich die beiden Regisseure immer wieder schief
lachten, war mein Auftritt als Kramladenverkäuferin; das Original,
an dem ich meine Rolle täglich zu studieren Gelegenheit hatte,
wirkte wenige Häuser von uns entfernt und war mir gegenüber von

einer rührenden Güte: nie verließ ich den Allerweltsladen ohne ein Zuckerplätzchen auf der Zunge. Trotzdem ahmte ich die zimperliche Art der alten Jungfer boshaft und undankbar nach und hatte darin durch immer wiederholte Uebung eine Meisterschaft erlangt, die auch den Vater zum Lächeln brachte und sogar bei fernen Verwandten in Bern noch jahrelang beliebt war. Ich riß den Mund zu sauersüßem Grinsen auseinander, rollte die Augen und verdrehte sie, bis sie seitlich aufwärts zum Himmel schielten, und krähte mit gequetschter Stimme:»Was hettsch du gern?« Das war alles; es war gewiß weder schön noch witzig, aber es hatte durchschlagenden Erfolg – wohl weil es mein rechtes Bubengesicht mit einem Schlag zum Verschwinden brachte und eine Maske an seine Stelle zauberte.

Ach, Maske und Zauber und unvergessene Lust der Basler Fastnacht! Ich war dabei, ich hatte teil an ihr, und unausrottbar spukt noch im Manne ihr Rauschgift. Der aufreizende Klang der Trommeln, der schrille Gesang der Querpfeifen, die gespenstige Farbenglut des Morgenstreichs – allem war ich verfallen als einem mächtigen und geheimen Bann, der nur auf Eingeweihte richtig und dauernd wirkt.

Und Maskenzauber, Trachtenfreude erhöhte auch die sommerliche Feier zur Erinnerung an Basels Eintritt in den Schweizerbund, dieses Fest, von dessen Proben und Aufführungen ich in dauernder Verzückung fast keine versäumte – mein Vater war als Chef des Ordnungswesens Abend für Abend draußen auf der Spielbühne – und an dem auch mein Bruder Fritz als lockiger Rosentänzer seine zwar untergeordnete, aber doch so beneidenswerte Rolle spielte. Mili war nicht im Festspiel tätig; dennoch brachte er von einem der Bankette, das unter freiem Himmel am Kleinbasler Rheinufer alle Mitwirkenden des historischen Spiels vereinigt hatte, das prunkvolle Szepter des Mailänder Gesandten Galeazzo Visconti zurück unter unser bürgerliches Dach. Wie er es erbeutet hatte, blieb sein Geheimnis. Das Schicksal schien nie so freigebig gegen ihn wie gegen seinen Bruder zu sein; er mußte eben sehen, wie er zu seinem Teil am allgemeinen Menschenglück kam.

DIE NEUE MUTTER

Eines Abends, nachdem das Schwesterchen und ich schon zu Bett gebracht waren – wir schliefen im gleichen Zimmer –, ging die Tür mit eindrucksvoller Feierlichkeit nochmals auf. Mit dem Vater, der gewöhnlich noch zum raschen Gutenachtgruß an unsere Betten trat, erschienen zwei weibliche Wesen mit schlanken Taillen, gepufften Aermeln und getürmten Frisuren. Wir Kinder lagen starr vor Staunen. Wohl waren uns die vornehmen Gestalten entfernt bekannt, wir hatten sie wohl schon gesehen und nannten sie sogar Tanten – es waren aber eigentlich Kusinen, doch daran auch nur zu denken, schien Vermessenheit, soviel älter waren sie als wir, wohnten in Bern und kamen aus einer Sphäre, die wir etwas spöttisch, aber von untenher betrachteten.

Während die beiden Tanten, gemessen und doch sichtbarlich bewegt, von einem Bettchen zum andern gingen, sonderbare Fragen in ihrem drolligen Berndeutsch an uns richteten und uns mit den Händen über die Haare fuhren, schauten grinsend die beiden älteren Brüder zur Tür herein, stießen sich in die Rippen und flüsterten kichernde Bemerkungen. Mili streckte den Kopf nochmals ins Zimmer, als der abendliche Besuch uns wieder allein gelassen hatte, und fragte in die bange und herzbeklemmende Stille: »Gefällt euch eure neue Mutter?« Wir schwiegen und taten so, als ob wir schliefen, und er schloß leise die Tür.

Nach einer Weile aber fragte das Schwesterchen: »Welche soll es wohl sein, die mit der harten Hand oder die mit der weichen?« Ich hatte bis jetzt gar nicht daran gedacht, daß nur eine ernsthaft in Frage kam und daß man sich entschließen müsse; vorsichtig bemerkte ich einstweilen; »Die mit der weichen Hand hat einen goldenen Reifen am Arm. Hast du's gesehen?« »Das hab' ich schon gesehen«, sagte das Schwesterchen knapp und nebensächlich. »Aber welche es sein soll –?« Ich fühlte, daß ihr die Frage wichtiger war und daß die Antwort nicht mehr von meinen Beobachtungen abhing. So schwiegen wir sehr nachdenklich und schliefen in unserer Ungewißheit ein.

Am nächsten Tag erfuhren wir die Wahrheit. »Tante Marie wird unsere neue Mutter«, sagte Fritz mit Nachdruck und so, als sei er persönlich dafür eingetreten. »Natürlich«, murrte Mili, »sie ist ja auch schon deine Gotte – sie ist jetzt dann bald alles in unserer Familie gewesen.« Das klang wie ein Vorwurf. »Die mit dem goldenen Reifen?« fragte ich zaghaft. Eine Pause, dann ein Gelächter der Brüder wie stets, wenn ich etwas Dummes vorgebracht hatte: »Nein, die andere. Jetzt kennt der noch nicht einmal seine neue Mutter!« Ich dachte bei mir selber: Lacht nur! Ihr seid ja die Dummen. Warum hätte es nicht auch die andere sein können, wenn doch die eine schon Gotte in der Familie war?

Also die mit der harten Hand. (Heute, nach fünfundzwanzig Jahren: Glücklicherweise! Ich möchte mich tief über die harte Hand neigen und sie dankbar küssen; ich kann es nicht mehr tun, die Hand ruht von ihrer vielen Arbeit aus, sie ist tot.)

Vorerst kam Jubel, Aufregung, gespannte Erwartung ins Haus. Wir Kinder – das waren das Schwesterchen und ich; die Brüder gaben sich als Erwachsene aus – wir liefen Straße auf und ab zu unsern alten guten Freunden und Nachbarn, die so oft ein wachsames Auge auf uns gehabt und uns überhaupt mit mannigfachen Wohltaten und gelegentlichen strengen Vermahnungen miterzogen hatten, und teilten ihnen die Neuigkeit mit, die für sie wohl keine mehr war: »Unsere Eltern heiraten sich und wir dürfen dabei sein!«

Es war so, wie wir sagten. In einem Hotel war eine unübersehbare Menge von Menschen versammelt; die wenigsten kannte ich, und die Nachbarn waren erstaunlicherweise gar nicht da. Man saß an langen Tischen und aß und trank; es standen mehrere Gläser bei jedem Gedeck, auch bei meinem und sogar bei dem des Schwesterchens – das war nun gänzlich überflüssig. Am einen Ende der Tafel machte sich Fritz furchtbar wichtig zu schaffen; er öffnete Briefe und Telegramme, schlug mit dem Messer ans Glas und las die verwunderlichsten Verse und Glückwünsche vor, zu denen bisweilen laut gelacht und geklatscht wurde. Mitten im Mahle wurden wir Kinder in ein Schlafzimmer verbracht, dort lagen grüne Gärtnerschürzen, ein blanker Holzrechen, ein Blumenkörbchen und andere niedliche Geräte bereit, die wir aufnahmen; jemand fragte uns, die wir schon recht wirr im Kopf waren, ob wir die Verse noch wüßten, und dann wurden wir verkleidet und mit Gaben beladen wieder in den großen Saal geschoben. Wir traten Hand in Hand vor den Vater und die neue Mutter, alles war ganz still, alle Menschen blickten auf uns, und wir sagten unsere Verse und luden unsere Gaben auf die Knie der Eltern ab. Ein starker Beifall lohnte unsere Vorführung, wir wurden geherzt und herumgereicht, viele lachten, manche schienen zu weinen; mich dünkte es einigermaßen übertrieben wegen des kleinen, einfältigen Verses, den zu behalten und auswendig herzusagen wahrlich kein Kunststück war.

Als sich das Getümmel gelegt hatte und wir wieder schmausend am Tisch saßen, sagte ich diese meine Meinung auch offen heraus und prahlte, daß ich ganz andere Gedichte vorzutragen imstande wäre, vom Festspiel und so. Diese Behauptungen sprachen sich bis zu Fritz herum, der wußte, was es damit für eine Bewandtnis hatte; und da er als Zeremonienmeister dieser Hochzeit – es war ja seine Gotte! – für Unterhaltung und Ueberraschungen zu sorgen hatte, schlug er wieder einmal ans klingende Glas und verkündete mein Vorhaben laut in die aufmerksame Stille hinein. Ich stieg auf meinen Stuhl und legte ernsthaft und entschlossen los: ohne abzusetzen und ohne Pause sang ich die Sologesänge und die Chorlieder herunter, die ich behalten hatte, sang als die alte Spinnerin am Stadttor, sang als Spielmann das Dornacher Spottlied, sang der alten Schweizer freches Marschlied, sang die frohen Gesänge der Knaben, der Schwerttänzer, der Rosenjünglinge. Tief unter mir begleitete das Schwesterchen mit heller, falscher Stimme meinen geschmetterten Text; ich hatte ihm die Verse ja alle beigebracht, es war in gar manchem mein Lehrling und Widerhall. Diese Produktion schlug nun ein; mein Krähen weckte bei den Baslern eine ganze, kaum abgeflaute Feststimmung wieder auf und riß auch die Berner zu vaterländischen Gefühlen hin; nun wollte der Beifall und das Gelächter kein Ende mehr nehmen. Endlich, spät in der Nacht, fuhr man uns Kinder in einer Kutsche nach Hause; ich glaube, wir waren beide besoffen vom Erfolg und von der übermächtigen Lustbarkeit. In den nächsten Tagen kamen Kartengrüße aus Venedig von den Eltern; neben Vaters vertrauter, kräftiger Handschrift floß die der neuen Mutter geschmeidig und schwungvoll dahin. Wir entzifferten beide fieberhaft und tranken die unvorstellbaren Farben der fernen Landschaften und Meeresbuchten, in denen die Eltern wandelten und gondelten; die Ueberraschungen hörten nicht mehr auf, so schien uns.

Nein, sie hörten nicht mehr auf; auch nicht, als die Eltern heim-
gekehrt waren und der Alltag sich wieder breit zu machen drohte.
Aber gerade an ihm erwies sich die Macht der neuen Mutter besonders; daß sie ihm die Stirne bot, erfüllte mich bald und lange an-
dauernd mit schreckhaftem Staunen. Es kam fühlbar ein neuer Zug
in die Familie; alles wurde ans Schnürchen genommen, was früher
planlos und ungebunden sich abgewickelt hatte, und des Schnür-
chens Ende lag in der harten Hand; der Arbeitstag und auch die
Freiheit neben der belanglosen Schule wurde vom Netz der Regel
und der Ordnung eingefangen. Es wehte ein anderer Wind.

Gut, des Vaters Vollbart war von ihm gefallen; damit fand man
sich bald ab, es sah ja auch besser aus. Warum aber auch der alte
Kastanienbaum im engen Gärtchen fallen mußte? Er nimmt der
einen Hausseite ja alles Licht mit seinem Blätterschatten – sagte die
neue Mutter und sah uns Kinder prüfend an; daß wir schlechtes
Blut hatten, war ihrem Scharfblick nicht lang entgangen, und sie
hatte sich in den Kopf gesetzt, es uns auszutreiben. Also der Baum
fiel. Es tat weh, seine Krone verwüstet und im Staub zu sehen. Doch
entwurzelt wurde er nicht; gab nicht sein gerader und regelmäßig
gewachsener Stamm einen kräftigen Fuß zu einem Tisch ab? In
gemäßer Höhe wurde denn eine grüne runde Holzplatte auf dem
Stumpf angebracht, und an dem neuen Tisch im hellen Gärtchen
saß die neue Mutter und empfing Besuch und hielt in regelmäßigen
Zeitabständen ein Kaffeekränzchen ab, an dem das drollige Berndeutsch gesprochen wurde und von wo ich mir auf Jahre hinaus
den Abscheu vor geschwungener Nidle holte.

Neue Verfügungen stülpten alte Zustände schonungslos um. Daß
Fritz plötzlich die Universität besuchte, und zwar bald einmal die
bernische, als ob sonst nichts gut genug gewesen wäre, hatte man,
so schien mir, dem persönlichen Eingreifen der neuen Mutter zu
verdanken; ebenso auch, und das unzweifelhaft, daß Mili zu einem
Gärtner in die Lehre kam. Da die beiden Brüder also das Haus
räumten, galt die ganze mütterliche Fürsorge ungeteilt uns Kindern.
Und hier stießen die Reformen bis ins Innerste liebgewordener Sit-
ten und Unsitten vor. Die Verwandlung der letzteren tat uns besonders weh.

Ich erhielt innen und außen, unten und oben eine neue Bekleidung. Alte Mützen, treu gedient und mit jedem Fleck an ein Abenteuer erinnernd, waren und blieben plötzlich verschwunden; dafür lag ein Hütchen da, wie es kein Bub in der ganzen Hebelstraße trug und das einfach lächerlich war. »Ein Judenhut«, sagte Mili sachlich. Ich hatte die Freude am Ausgehen verloren. Ueberdies wurde es mir verboten.

Wie, ich sollte nicht mehr frei und ohne zu fragen in die Stadt wandern dürfen, an den Rhein, auf die Brücken, zum Münster und auf die Pfalz? Nein, aber ich durfte die Mutter begleiten, wenn sie ihre Gänge ausführte, und die kleinen Paketchen tragen. Was das nun hieß –! Auf den Straßen keine Abstecher mehr in Werkstätten und Arbeitshöfe hinein, wo man Bekannte hatte, wo man Neues sah und hörte; keine Aufenthalte mehr in den Anlagen, wo es Bäume zu besteigen, Gräben zu überspringen, Regentümpel zu kanalisieren gab; kein regelmäßiger Besuch mehr des Ziegenstalles in der Spalenvorstadt, wo es abgründig roch, und kein Sprung in den Leckerliladen nebenan, wo man für einen roten Zweier eine ansehnliche Düte voll Abfälle bekam. Dafür ging man in neuen Schuhen, die einen drückten, und in farbigen Strümpfchen, auf die alle Welt glotzte, neben der Mutter her – nicht mit einem Fuß in der Gosse, mit dem andern auf dem Randstein hüpfend, sondern gemessen und gebügelt; nicht mit jedem losen Stein Fußball spielend, es war ja schade ums Schuhwerk; nicht mit Knebeln nach reifen Kastanien werfend, denn man hatte keine Zeit.

Die Welt war anders geworden. Mein Vagabundenleben hatte ein Ende genommen. Bald nahm auch Basel ein Ende. Wie gesagt: seitdem die neue Mutter das Schnürchen in der Hand hielt . . . Wo sollte das noch hinführen? Vorerst nach Liestal, wohin der Vater zum Direktor der Kantonalbank gewählt worden war. Aber bald noch weiter – oh, dafür sorgte schon die Berner Mutter, die ihr Ziel fest im Auge behielt.

DAS SCHWESTERCHEN

Die Mutter fuhr mit dem Schwesterchen und mit mir nach Liestal; es war schönes Wetter, die waldigen Täler links und rechts taten sich auf, schlossen sich wieder zu, auf den sanft gebuchteten Wiesenhängen standen die zahllosen Obstbäume, jeder mit seinem eigenen Schatten, das Land war gesprenkelt wie ein weiches Tierfell. Vom Eisenbahnzug aus sahen wir irgendwo tief unten im Tal auf der schimmernden Landstraße die zwei Möbelwagen dahinkriechen, die unsern Hausrat schon am frühen Morgen von Basel fortgeschleppt hatten. Und etwas später wies die Mutter wieder durch das Fenster hinaus: »Seht dort, unser Haus!« War das möglich, wurde so im Handumdrehen ein neues Haus zu »unserm« Haus? Starb man nicht dort, wo man geboren war?

Das Haus stand dicht an der Landstraße, vor dem Städtchen draußen, ein alter, mächtiger Bau mit schmuckloser Fassade, ernstem Toreingang an der Seite, großem Hof, den zwei vom Mitteltrakt auslaufende, niedriger gebaute Flügel herrschaftlich umschlossen; es hieß im Volksmund, was es auch war: das Gut. Der Hof war die verschwiegene Schönheit des Besitzes – der Hof und die schattendunkle Allee seitlich vom Hause. Dort wo der Hof unverbaut war, sah man über grüne Hecken, an einem massigen, steingrauen Brunnen vorbei auf die Wiesen hinaus und zum Wäldchen hinunter; all das gehörte noch dazu, gehörte uns: die wildstruppigen Wiesen, die Allee mit den moosigen Baumstämmen, mit dem Springbrunnen zutiefst im Dunkel, das Wäldchen mit den ganz überwachsenen Wegen, mit den Efeuranken auf Stein und Rinde, und das Tannendickicht, in das man überhaupt nur eindringen konnte, wenn man sich auf den Bauch legte und über die verfaulenden Nadeln am immer feuchten Boden hinkroch. Dahinter, als Grenze und Abschluß, floß tief unten an einem Steilhang ein dunkeltrübes Gewässer lautlos dahin.

Im Haus stieg man auf breiter Holztreppe in einer geräumigen Halle aus dem Erdgeschoß empor in den ersten Stock, den wir bewohnten. Auf den langen Gang mündeten beidseitig unzählige Türen aus einer Fülle von Zimmern, in denen ich mich noch wochenlang nicht zurechtfand. Eines gehörte uns, den Kindern; es ging auf den Hof, in die Wiesen hinaus, und abends, bevor wir einschliefen, hörten wir den alten Brunnen, der mit kräftigem Strahl im steinernen Trog rumorte. Am Geräusch des Wassers hörten wir, ob draußen der Wind ging; die Nacht kam aus dem Wäldchen über die Wiesen zum Haus, wir sahen sie, wenn wir an Herbstabenden aufmerksam hinschauten.

Ueber unserer Wohnung im Dachstock war uns Kindern ein Spielzimmer eingeräumt – mit den alten Möbeln, die von der neuen Mutter hierher verbannt worden waren und um die noch immer ein Duft von Basel und von der früheren Zeit schwebte. Dort stand ein Sekretär, der gehörte mit allen großen und kleinen Schiebladen mir ganz allein; an seiner leicht geneigten Platte saß ich – mein Kinn schob sich knapp darüber – und schrieb mit großen Buchstaben auf Doppelblättern, die ich nachher sauber zusammenheftete, die Geschichte der bewegten Umzugstage nieder. Vorn auf dem rotweißen Titelblatt stand: Eine langweilige Züglete – obgleich ich persönlich ja das ganze Unternehmen sehr kurzweilig gefunden hatte, aber die Mutter war eben anderer Meinung. Ich hatte damals eine genaue Vorstellung von den Erfordernissen eines literarischen Werkes, und mein Dutzend Seiten Text wurde denn auch, wie es sich gehört, durch ein genaues Inhaltsverzeichnis eingeleitet und mit einem Lebenslauf des zehnjährigen Autors abgeschlossen.

Nicht immer aber, wenn man uns Kinder droben in der Dachstube still beschäftigt wähnte, waren wir es auch: wir hatten in einer der Kammern ein regelrechtes Kegelspiel entdeckt und es auf den riesigen Dachboden im Seitenflügel verschleppt, dort schoben wir an regnerischen Nachmittagen die schweren Kugeln über die Holzdielen und sahen uns dann beim Abendbrot rasch und vergnügt in die wissenden Augen, wenn Vater und Mutter darüber nicht einig wurden, ob es gedonnert habe oder nicht. Schlimmer jedoch war, daß wir in einem ganz tollen Spielübermut, den das viele Alleinsein und ein völliges Verkennen der Gefahr hochgezüchtet hatten, aus einem der Fenster auf das abschüssig steile Dach hinausstiegen, uns gleiten ließen, bis unsere große Zehe die Dachtraufe unter sich spürte, und dann um die Hausecke herumschlichen, Fuß um Fuß in der knarrenden Dachrinne, die Hände tastend am rostigen Blech, den Blick schwindelfrei in die Tiefe – die eine Tiefe des sicheren Todes war. Ein gewandter Dachdecker hätte sich nicht ohne Seil und Haken dorthin gewagt, wo das sechsjährige Mädchen und ich lachend herumseiltänzerten, denn er hätte gewußt, was wir nicht bedachten: daß das Haus alt und fast baufällig war. Wohl regnete es uns durch das Dach auf unsere Kegelbahn im Estrich, wohl geriet ein Stubenwagen auf dem harthölzernen Parkett des Saals von selber ins Rollen, wohl war es ausgeschlossen, im Winter einen Teil der unmäßig großen Räume zu erheizen, weil die Oefen nicht zogen und die Fenster nicht dicht schlossen; aber was sagte uns dies? Hätte es uns von unsern Promenaden am Rande des Abgrunds abhalten sollen? Fröhlich krochen wir zum einen Fenster hinaus in die Welt zwischen Himmel und Erde, zum andern wieder herein in die abgeschiedene, stille Spielstube mit den lieben, alten Möbeln, mit den dicken Büchern, den Zinnsoldaten, der Puppenküche: beides war unser Reich, drinnen und draußen, der Traum vom Leben und die Todesgefahr, wir unterschieden es noch nicht, es war beides eins und dasselbe – ein Spiel.

Die Welt des Spiels! Meine Schwester und ich, wir fanden uns darin und nahmen gemeinsam davon Besitz: vom alten Haus mit seinen verborgenen Winkeln, von der Allee hoch über der Straße, vom Wäldchen und von der sommerlichen Wiese. Hatten wir nicht mitten im dichtesten Gras einen leeren, flachhohlen Brunnentrog aus grauglänzendem Granit entdeckt? Der lag da, halb in den Erdboden eingesunken, von Halmen und blumigem Gras rings umbuscht, Gott weiß wieso er dahingekommen war; in seine sonnenwarme Rundung schmiegten wir unsere Rücken, legten die Arme behaglich auf seinen Rand – nun fuhren wir dahin in unserm steinernen Schiff durch die grünen Wiesenwogen, die ein Wind leise vor sich hertrieb, und kein Mensch konnte uns sehen, solange wir so ohne Segel und Ruder dahinzogen. Und wiederum – hatten wir nicht im Tannendickicht, hinter dem Erdwall, eines Abends eine arme Landstreicherfamilie überrascht? Die saß da im blassen Gras um ein rauchloses Feuerchen herum, ein Mann in abgerissenen Kleidern, eine Frau mit rotem Haar, Jungvolk, faul und wegemüd; uns aber schlug das Herz im Halse, wir waren auf Knien und Händen herangekrochen und hatten sie, ohne es zu wollen, auf richtige Indianerart beschlichen. Ein solches Geheimnis also barg unser Wald; auf unserm Grund und Boden suchte lichtscheues Gesindel Zuflucht, Räuber vielleicht, wer weiß, oder feiner noch: Zigeuner.

Das kribblige Wissen um dieses Geheimnis behielten wir für uns; das ging die Erwachsenen nichts an, sie hätten dem spannenden Abenteuer womöglich gar ein rasches Ende bereitet! Wir aber bezogen es in unser Spiel ein: Tag für Tag spähten wir nach den Tannen, wir lagen stundenlang hinter einem Steinblock und ließen den dämmrigen Waldboden nicht aus dem scharfen Blick, stießen uns mit den Ellbogen an, wenn wir meinten, etwas habe sich dort geregt, und flüsterten heiser miteinander; und noch am Schlafzimmerfenster standen wir die halbe Nacht Wache, lösten uns ab und tauschten unsre Beobachtungen aus, und während unsre Augen sich in die dichte Dunkelheit über Hof und Wiesen bohrten, lauschten unsre Ohren rückwärts in das Haus hinein, damit die Mutter uns nicht überrasche, der Vater nicht die nächtliche Schildwache aufhebe. Ab und zu sahen wir huschende Lichter im lockern Gestrüpp, sahen auch am Tag schleichende Gestalten, dann wieder wochenlang gar nichts, und gewöhnten uns langsam an die unheimliche Nachbarschaft, deren Dasein wir beharrlich verschwiegen.

Die Welt – noch war es die Welt des Spiels für uns. Zwar über der Straße wohnte der ungarische Spengler mit Weibern und Anhang, Greisen und jungen Gesellen, eine ganze wilde Horde, so schien es uns, mit unaussprechlichen Namen und langen Schnurrbärten, und daß einer von ihnen, ein geschmeidiger Bursche, ein blutrotes Radfahrertrikot trug, auf dem weiß eingestickt war: »Gott ist die Liebe« – das machte die Sache wahrhaftig nicht besser. Ihrer schwarzen Hände Gehämmer scholl feuriger auf dem blanken Blech, als dies bei andern Handwerkern üblich war, und manchmal scholl auch der Lärm ihrer streitenden Stimmen noch heftiger aus der offenen Blechschmiede heraus; sahen wir Kinder – wir lagen auf der Mauer unter den Alleebäumen versteckt– eine der aufgeregten Frauen zum Hausgang heraustieben oder den alten Vater (der noch von Radetzky erzählte) am Stock herumhumpeln, so dichtete unsre Phantasie das Drama fertig, das in Wirklichkeit wohl meist ein harmloser Wortwechsel war. Der Spengler selber war ein Mann, aus dem wir Kinder nicht klug wurden. Er war freundlich mit uns und machte auf seine Art unsrer Mutter den Hof: eines Abends – die Mutter saß in der dunkeln Allee auf einer Gartenbank, ganz allein, in Gedanken vertieft; das hatte der Ungar von drüben gesehen, er packte die zwölf blechernen Pastetchenformen zusammen, die er auf Bestellung angefertigt hatte, schlich sich über die Straße an die Alleemauer und schleuderte die klirrende Bombe als Gabe seines galanten Herzens der tötlich erschrockenen Mutter vor die Füße. Er war aber auch grausam: zog er nicht einmal, als er in unserm Wäldchen die überwucherten Wege freilegte, plötzlich zwei eiserne Röhren aus der Rocktasche, schob und schraubte sie blitzschnell zusammen und schoß mit der selbstgeschmiedeten Büchse ein Eichhörnchen vom hohen Baumwipfel herunter? Er zeigte uns stolz das blutende Tierchen: »Mitten ins Herz!«, prahlte er. Daß er friedliche Singvögel und Spatzen in einer Falle fing, die er von der Werkstatt aus zum Klappen bringen konnte, beobachteten wir häufig mit stiller Wut und verschämter Bewunderung. Und er war auch witzig und schlau: die geizige Herrin unseres Hauses, die in einem Zimmer des Erdgeschosses hauste und ihre Mahlzeiten über einem Spiritusbrenner auf der Kellertreppe zubereitete, hatte ihn dazu bewogen, die Alleebäume zu stutzen, und ihm als Entgelt das Fallholz versprochen; er sägte ihnen, knapp über dem Stamm und nach den ersten Astgabelungen, die breiten Kronen ab, so daß sie kahl und furchtbar verstümmelt im späten Winter standen und zum grauen Himmel hinauf die geizige, drahtdünne Frau mit ihrem altertümlichen Kapotthütchen und ihren blauen Knochenfingern verklagten.

Das Spiel – es war noch unsre Welt. Wenn ich im schallenden Hof meine Kompanie antreten ließ, mit beherrscht-nervösen Schritten auf und ab gehend und die Hand am Säbel, so sprang zwar nur das Schwesterchen aus dem schmalen Schatten an der Mauer hervor auf den knirschenden Kies – doch wir hörten, beide, einer ganzen Kompanie genagelte Marschschuhe eilig und mit Getöse sich ordnen, wir hörten die Hände an ihre Gewehre klatschen, die Arme herabsausen. Wenn ich in die Wiese einschwenken und in Schützenlinie ausschwärmen ließ, so konnte sich das Schwesterchen beim besten Willen nicht vervielfachen, es schob sich eben als Einzelgänger geduckt durchs Gras – doch wir empfanden, beide, die stetig vorrückende Schützenkette links und rechts neben uns, ich brüllte Befehle fernhin, wo einer unzulässig weit zurückblieb, und im Anschleichen warf auch das Schwesterchen rasche Seitenblicke aus seinen Kirschenaugen, um mit dem Nebenmann Fühlung zu behalten, um die Linie nicht zu zerreißen. Lagerten wir nach unzähligen

Uebungen – denn wir spielten nie Krieg, immer nur Militärdienst – im Schattenwäldchen, so war auch bald ein Lagerleben mit Sang und Scherz, mit Spatz und Fußblasen im Schwang; natürlich wurden Posten aufgezogen – und es ließ sich nicht gut anders machen, als daß das Schwesterchen Posten stand und für die Sicherheit der müden Truppe sorgte. Ich saß abseits und brütete über neuen Drillübungen.

Das häufig wiederholte Turnfest in der grünen Schattenhalle der Allee brachte uns als Zuschauermenge unsere Eltern auf die ersten Bankreihen. Ich eröffnete von tannzweiggeschmückter Rednerkanzel herab das vaterländische Fest durch eine sorgfältig vorbereitete und bis aufs Tüpfelchen genau niedergeschriebene Ansprache an die Turnerscharen und die übrigen Eidgenossen. Ich nahm die Fahne in Empfang, die mir das Schwesterchen im feierlichen Augenblick überreichte, und ich hieß die Landeskraft zur ernsten Arbeit schreiten. Die Turner im weißen Gewand traten an, richteten sich mit Blick und Ellbogenfühlungnahme aus, und wenn ich mit singend getragener Stimme die Freiübungen im langsamen Zähltakt über die vielen hundert Köpfe hinweg leitete, so wogten die Leiber wie ein Meer hin und her und die Arme flogen wie Raketen empor, die Füße schlugen mit klatschenden Sohlen in den Sand. Das sahen, hörten und spürten wir, beide: ich, der befahl, und das Schwesterchen, das gehorsam turnte. In Lauf und Sprung tat ich mit und wir besetzten ohne Ausnahme die ersten Ränge; so hatten wir Anspruch auf die wertvollsten Preise, die von den Eltern gestiftet, vom Vater mit Ernst und Würde verteilt wurden. Zogen wir, den Lorbeerkranz aus Efeu an der funkelnden Fahnenspitze befestigt, vom Turnplatz ab, so war der wohlverdiente Beifall der Zuschauer um uns, das Flattern der Banner über unsern Häuptern, der Stolz in unsern Herzen und Augen – in mir, der ich voranging, und im Schwesterchen, das mit überlangen Schritten nachzufolgen sich anstrengte.

Ein Spiel war unsre wahre Welt – und nahmen nicht die Erwachsenen daran teil? Freute sich nicht die Mutter wie ein Kind, wenn ihr Sohn – aber eben, sie war auch seine Gotte – wenn Fritz auf kurz oder lang ins alte Haus einzog und Bernerluft schwallweise mit sich brachte, Grüße und Neuigkeiten von Bekannten und Freunden, und immer wieder und dringender die Frage: ob man's aushalte im Städtchen? Die Mutter schmunzelte oder sie erzählte Geschichten, die nicht ohne Boshaftigkeit waren; Fritz übertrumpfte sie noch mit grausamen Witzen, er stopfte die kleine Stadt überlegen in den Sack; für Leute, die nach Bern gehörten, war hier zu leben eine harte Prüfung. Mir tönte solch verwegene Rede lästerlich ins Ohr.

Dann zog er mit uns Kindern aus; strahlend schaute ihm die Mutter nach, wenn er groß und vergnügt die Straße hinabschritt, und auch wir hatten ihn gern. Durch den Wald stiegen wir zur weißen Fluh hinauf, die stotzig aus dem Laubgrün stach. Hatte Fritz nicht sein Bergseil über der Achsel mitgenommen, der Tausendsassa? Er band erst mich, dann das Schwesterchen ans Tau und ließ uns ganz einfach von oben über den glatten Felsen hinuntergleiten, wir krabbelten ohne Gefahr mit Hand und Fuß am heißen Gestein und tauchten langsam in die kühlen Buchenwipfel am Fuße der Fluh nieder. Und er trieb sich mit uns in den Heidelbeerstauden herum; wir sahen nachher alle um Lippen und Nase aus wie die Neger – gerade recht, so spazierten wir durch das Städtchen nach Hause, ein Aergernis, nun wohl! was focht es ihn an? Er balgte sich mit uns auf den Wiesen umher, wir bekamen Flecken und Risse in die Waschkleider – Kleinigkeiten, wenn Fritz daran schuld war! Die Mutter schmälte lachend, die doch sonst darin keinen Spaß verstand.

Auch Mili war gelegentlich da. Sonderbar, man möchte sagen: er tauchte auf und verschwand wieder. Seine Ankunft wurde nie wochenlang vorher berechnet. Auch kam er, dünkt mich, meist im Winter – vielleicht hatte ihn seine Gärtnerei dann nicht nötig, vielleicht war es ihm sonst zu kalt in der Welt draußen. Ein blonder Schnurrbart wuchs ihm unter der kräftigen Nase; seine Hände aber waren rauh und rissig, dennoch spielte er noch immer die Geige.

Wollte er mit uns Kindern über Land ziehen, so erhob die Mutter Einspruch. Zu anstrengend für das Schwesterchen, für mich bei dem Wetter auch nicht besonders gesund. Mili blickte erstaunt zum Fenster hinaus: Wetter? Ihm war jedes recht. Verstimmung überall – endlich erhielt ich die Erlaubnis mit hundert Einschränkungen und Vorsichtsmaßregeln, die mir vor Scham das Blut in den Kopf trieben. Warum ist die Mutter ihm gegenüber so? fragte ich mich murrend im stillen; aber ich gab es nicht einmal vor mir selber zu: daß er auch ganz anders war als sein Bruder. Im Schnee, unter grauem Himmel, stapften wir durch abgelegene Täler, an unwegsamen

Hängen empor, meist schweigsam, ich in der breiten Fußspur des großen Bruders. Er trug Ledergamaschen, aber keinen Mantel; den Rockkragen hatte er hochgeschlagen. Laublose Eichen standen knorrig schwarz im Schnee, dahinter hoch ein Burgbau, fahl im winterlich kargen Licht. Wir schlichen um die Mauern, stemmten uns gegen die Türbalken, Mili hob mich auf seine Schultern, damit ich über die Steinbrüstung in den stillen verschneiten Garten sähe. Dann kehrten wir im nahen Dorfe ein. Es war, als ob Mili daheim wäre: er ließ sich am Tisch beim Ofen nieder, wärmte die Hände, plauderte mit den Leuten, bestellte Glühwein, Brot und Käse, war um mich bemüht und hängte meine Strümpfe zum Trocknen auf. Die Wirtsleute setzten sich herzu. Sie fragten, er erzählte, die Zeit verstrich. Er erzählte von Paris; ja, da war der Wirt auch gewesen, vor vielen Jahren. Aber in Bosnien war er nicht gewesen, dort wo Mili auf einem großen Gut die Landwirtschaft beaufsichtigt hatte; da waren Zustände und seltsame Menschen und Abenteuer allerlei. Sie fragten, er erzählte, die Zeit verstrich. Der frühe Abend stand vor dem Fenster, eh man es für möglich hielt. Rasch brachen wir auf, warm waren uns Herz und Kopf und Glieder, ein kalter Wind klatschte uns an die Wangen. Damit ich Schritt halte, legte mir Mili seinen starken Arm um Schulter und Rücken und trug mich halb dahin über die Straße, die dunkel vor uns in die graue Nacht stieß. Außer Atem kamen wir zu spät nach Hause zu Tisch, und ohne daß wir es verabredet hätten, verschwiegen wir das Schönste unserer Wanderung.

Nur dem Schwesterchen gegenüber in langen Flüstergesprächen vor dem Einschlafen tat ich groß in Andeutungen, und es hörte erschrocken zu und wußte nicht, sollte es der Mutter dankbar sein oder zürnen, weil es nicht hatte dabei sein dürfen. Mir aber schien es richtig so. Denn was man mit Mili erlebte, das war kein Spiel. Was aber war es? Verboten war es, verwegen war es, frech und schön. Ich wußte nicht, daß es das Leben war. Doch ich schnupperte tüchtig daran und es gefiel mir über alle Maßen.

DER VATER

In der neuen Schule saß ein untersetztes Bürschchen, ärmlich gekleidet, mit rechtschaffener Stirn, mit verwegenen Augen: das beherrschte die Klasse. Ich kam aus der Stadt, ich war gewohnt, daß man mir gehorchte und sogar Tribut zahlte; nun traf ich mit einemmal auf einen entschlossenen Gegner, der Unterwerfung forderte. Wäre meine Bubenkraft ungebrochen gewesen, so hätten sich die Aussichten im Kampfe, der sich entspann, wohl die Waage gehalten. Doch ich war geschwächt und von vornherein in einem Nachteil, den mein Widersacher grausam und geschickt auszunutzen verstand: ich war lächerlich, weil ich nicht war wie die andern. Ich erschien in meinen farbigen Schottenstrümpfchen, in meinen Gummigaloschen, mit meinem »Judenhut« unter den derber gekleideten Schulkameraden, als käme ich aus einer andern Welt, von einem bessern Himmel herunter. Eine Weile mochte die Erscheinung Eindruck machen; doch daß ich mich selber durchaus nicht zu ihr bekannte, ja sie verabscheute, spürten mein Gegner und seine Spießgesellen sofort heraus und so kannten sie meine Wunde (sie wucherte, ach, beinahe über den ganzen Körper hin und verbrannte mir die Haut.) Durch träfe, spottvolle Hinweise auf meine aufgeputzte Eigenart hetzte Köbi Glur, wann es ihm gefiel, seine Schar zu einer Verfolgungsjagd gegen mich auf; ich war wehrlos, ich floh vor meiner eigenen Lächerlichkeit, und ich fand daheim nicht einmal eine Zuflucht. Denn die Mutter war es ja gerade, die mich Tag für Tag meinem unbarmherzigen Gegner aufs neue auslieferte.

Bis ich mich mit ihm verbündete. Bis ich sein Vertrauter wurde, bis er mit meiner intimen Freundschaft zu prahlen und sie auszubeuten anfing.

Ein wenig Geld, ein Fünfer hier, ein Zehner dort, kam etwa in meine Hände; das wußte Köbi Glur und er verstand es, mich davon zu entlasten, ja mich in Kreditschulden zu stürzen und so noch fester in die Faust zu bekommen. Bei einem gedunsenen, käsebleichen Kleinbäcker trafen wir uns an langen freien Nachmittagen, in der kleinen, vom Backofen überheizten Kammer hinter dem Verkaufsladen. Kam ein Käufer, so schrillte die Klingel, träge erhob sich der Bäcker und verschwand nach vorne; aber das geschah selten genug, der Laden hatte keinen Zuspruch, und dem Bäcker schien sein Gewerbe vollkommen gleichgültig. Er saß mit uns Buben am mehlbestaubten Tischchen und lehrte uns Karten spielen. Wir begriffen das Gröbste im Handumdrehen; die Feinheiten mußten wir ihm abgucken. Wir spielten um Geld, nicht um Summen, sondern um gespaltene Rappen, aber sie türmten sich, bis es Abend wurde, zu runden Vermögen, die wir verloren. Gewannen wir gegen den Bäcker, so zahlte er uns mit Kuchen und Schnitten aus, mit den mißratenen Stückchen aus der Abfallschachtel, mit den Ladenhütern aus dem Schaufenster, die zäh waren und etwas säuerlich schmeckten. Er verkaufte uns auch simples Rauchzeug, billige Zigaretten, die wir qualmten, solange der Magen es aushielt. Was wir nicht bar bezahlen konnten, schrieb er uns großherzig auf. Ich weiß nicht, wie es kam, aber der bettelarme Köbi Glur hielt sein Konto stets in Ordnung, während ich bald einmal in regelrechten Spielschulden steckte.

Ich haßte den qualligen Teigaffen, ich haßte den frechen, untersetzten Köbi Glur, ich haßte den muffigen Spielklub und ich haßte meine eigene Schwäche, die mich immer wieder dorthin führte. Ich mußte meinen Haß herunterfressen, er schmeckte schlecht wie die Kuchen, die wir gelegentlich gewannen, und wie das Kraut, das wir schmokten. Aber ich war in das Verhängnis verstrickt, ich konnte mich nicht daraus lösen, es wuchs mir dunkel und stickig über den Kopf. Während ich in unserm saubern Heim, das mich besser haben wollte als meinesgleichen, notdürftig die Haltung wahrte, war es mir im gepreßten Herzen zumute, als ertränke ich im Schlamm. Und einmal mußte die Schande ja an den Tag kommen; fast wünschte ich es in meiner Qual.

Es vergingen Wochen und Monate, es verging wohl ein Jahr und nichts geschah. Eines Tages, als der Vater von der Bank zum Mittagessen heimkam, stieß er vor unserm Haus auf Köbi Glur und einen ältern Burschen, die im kühlen Torgang auf mich warteten. Der sonderbare Umgang zu dieser ungewöhnlichen Zeit erweckte sein Mißtrauen, er knüpfte ein Gespräch mit den Gesellen an, ein Wort gab das andere, der ältere Bursche schien seiner Sache allzu sicher zu sein, während Köbi Glur verschwand. Mit hartem Gesicht und traurigen Augen trat der Vater auf mich zu und fragte mich: »Hast du einem lumpigen Kerl, der drunten vor dem Haus auf dich wartet, deine Markensammlung versprochen?« Ich brach zusammen, denn was nützte es, nein zu sagen, wenn die Wahrheit auf jeden Fall ein Geständnis sein mußte?

Wie meine Schulden geregelt wurden, erfuhr ich nie. Meine Mutter kam entrüstet zum Lehrer, dieser holte Köbi Glur aus dem Klassenzimmer, alle Kameraden aber blickten verstohlen auf mich und die Mädchen tuschelten. In der Folge ließ mich Köbi Glur in Frieden, er sah immer gleich ärmlich und rechtschaffen aus, und in der Weihnachtszeit hieß mich die Mutter mitgehen, als sie ein Paket mit Kleidern und Nahrungsmitteln in das armselige Häuschen trug, wo er, das jüngste von vielen Kindern wohnte. Eine gebrechliche Frau, seine Mutter, dankte der meinen mit schleimigen Worten und lächelte mir aus feuchten Augen zu. Ich betete damals in stiller Verzweiflung zum lieben Gott, er möge Köbi Glur sterben lassen. Ich begriff nicht, warum er in der Welt und gerade in meiner Welt leben müsse.

Die Erlösung von ihm geschah auf eine andere Weise, auf einem Weg, der mich selber nahe am Tod vorbeiführte. Ich war bei den Soldaten der Rekrutenschule draußen auf dem Exerzierplatz vom Regen überrascht worden, hatte mich im nassen Gras erkältet, ging am nächsten Morgen mit heftigen Stichen in der Magengegend gebückt herum und lag am Nachmittag mit hohem Fieber an einer Blinddarmentzündung im Bett. Eine abwartende Behandlung verschlimmerte die Sache; am dritten Tag war mein Unterleib angeschwollen und hart gespannt wie eine Negertrommel, ich litt schlimme Schmerzen. Da war es, daß der Vater sich an mein Bett setzte und mir seine Hand reichte: die sollte ich drücken, wenn mir die Schmerzen wie feurige Schwerter durchs Fleisch fuhren. Es wurde erträglicher. Die Hand beruhigte mich. Seitlich sah ich das ernste, gerechte Gesicht meines Vaters – er stand mir bei. Am nächsten Morgen, einem Sonntag, trugen mich fremde Männer auf einer Bahre ins Krankenhaus, man schläferte mich sofort ein, aber da sich der Fall als recht verwickelt erwies, dauerte die Operation länger, als vorgesehen war, und im Städtchen ging unter Bekannten von Mund zu Mund die Nachricht, ich sei gestorben.

Ich war es nicht; aber als ich mich in langen dreizehn Wochen mühsam erholte, war es wie ein Erwachen zu neuem Leben, zu neuem Mut und Wollen. Ich lag in einem großen Saal mit andern Kranken, mit älteren Männern, deren müde Gespräche ich kaum verstand, auf deren Nachbarschaft im Leiden ich irgendwie stolz war. Kam der Arzt, so ging er von einem Bett zum andern; wir waren ihm alle gleich wichtig und er stellte an uns alle die gleichen Fragen. Die Schwester Maria strich uns allen unter freundlichen Worten die Betten glatt; bei mir weilte sie wohl ein wenig länger, erzählte mir Geschichten, die nicht für die Männer waren, und versuchte mich lebendig zu kitzeln, denn ich rührte mich vor Mattigkeit kaum mehr. An den lauen Abenden sangen die Schwestern draußen auf der Terrasse vor den Sälen fromme Lieder und der Assistenzarzt begleitete sie auf der Geige; ich fühlte ergriffen, daß auch ich einer Gemeinschaft angehörte, die nicht dasselbe war wie die Familie, wo das Alter nicht zählte und die Herkunft nichts galt, die eine Mauer schied von aller übrigen Welt, von Schule, Lärm, Lüge und Zank. Wenn die Mutter kam, das Schwesterchen, der Vater, so hörte ich ihren Schritt ferneher über die steinernen Fliesen hallen; traten sie in den Saal, so wurden sie aus allen Betten gegrüßt, als ob sie nicht zu mir allein gekommen wären, sondern zu unserer Gemeinschaft; es geschah aber oft, daß ich mich zur Wand drehte und so tat, als ob ich schliefe, weil ich ihr teilnahmevolles Reden nicht ertrug und froh war, wenn sie wieder auf den Zehenspitzen den Saal verließen.

Später, als ich nach einigen Rückfällen endlich erstarkte, schob man mein Bett auf die Terrasse hinaus, ja die Schwester trug mich auf ihren kräftigen Armen – ihr leichtgestärktes blaugraues Gewand knisterte um mich – in den Garten unter die großen Bäume, die Luft war morgenfeucht; Blumen zündeten rot und gelb herüber, der Kies schimmerte blank, die große Stille sang in mir.

Eines Abends, als wir schon alle wieder im Saal lagen und auf die Hafersuppe warteten, tönte auf den Fliesen ein Schritt, den ich nicht erkannte. In der Tür erschien ein junges Mädchen, ein Mädchen aus meiner Klasse, das ich von ferne und ganz heimlich als unnahbare Lichtgestalt verehrte; es trug einen Arm voll frischgeschnittener Rosen, sah sich scheu und verlegen um, trat rasch an mein Bett und warf mir die Rosen wie einen bunten Segen des Himmels auf das Linnen. Es war schon wieder verschwunden, als die grauen Stoppelbärte aus den Nachbarbetten auftauchten und mit Hoho und

Haha das Wunder begafften, das sich begeben hatte. Merkwürdigerweise schämte ich mich vor ihnen des Besuches nicht; er hatte eben, schien es mir, allen ein wenig gegolten und mir auch nur, weil ich einer von ihnen, weil ich krank war.

Als ich endlich entlassen wurde und auf noch schwachen Beinen wieder in die Schule zurückkehrte, war ich nicht mehr ganz der gleiche wie früher; meine Krankheit und das Erlebnis der weißen Spitalwelt waren wie eine zarte Luftschicht um mich herum; ich fühlte es so und ich fühlte, daß auch die andern die unsichtbare Wolke, die uns trennte, verspürten und anerkannten. Köbi Glur war aus der Schule ausgetreten und Lehrling bei einem Schlosser geworden, hieß es; ich verlor ihn ganz aus den Augen.

Es war, als ob ich nach dieser Erschütterung in ein neues Verhältnis zu meinem Vater getreten sei. Hatte ich ehedem den schlanken Mann am liebsten in seiner dunkeln Uniform gesehen: auf einem weiten Exerzierplatz, leicht mit beiden Händen auf den Säbel gestützt, den lebhaften Blick unter dem tief herabgezogenen Mützenrand über die marschierende Truppe schweifen lassend – so trieb mich nun, seitdem er so bekümmert an meinem Bett gesessen hatte, ein warmes und noch unklares Gefühl der Zusammengehörigkeit zu ihm hin, auf seinen kurzen Gängen zur Bank, auf kleinen Wanderungen über Land; immer dann, wenn die Mutter nicht dabei war. Sie hatte soviel an mir auszusetzen, und ich fühlte, daß dies auch den Vater ärgerte und plötzlich verschlossen und unzugänglich machen konnte; waren wir beide aber allein, so verstanden wir uns vortrefflich: er ging auf meine Fragen und Bemerkungen ein, zu Marschliedern, die ich sang, dichtete er im Spazieren drollige neue Verse hinzu, die auf mich gemünzt waren und meine Tugenden und Fehler gleich fröhlich verulkten, er behandelte mich kameradschaftlich und ohne Umschweife und Abstand.

In mir selber lebte unverblaßt die Erinnerung an ein Geschehnis, das einige Jahre zurücklag und das, obwohl es mich damals beinahe erschreckt hatte, mehr und mehr das Vertrauen zu meinem Vater stärkte. Hatte ich nicht einst erlebt, daß auch er in einer Sache unterlegen war? Ich behielt das Wissen um seine Schwäche als ein Geheimnis tief in mir; wir sprachen nie ein Wort darüber. Das Geschehnis spielte sich in Basel ab, in einem stillen Hinterhof, den hohe blinde Hausmauern einschlossen; dort war ein Geleise auf einem Gerüst in halber Mannshöhe errichtet, leicht geneigt, so daß ein Wagengestell darauf ins Rollen geriet. An diesem eisernen Gerippe wurde eine selbsttätige Bremse ausprobiert, eine Erfindung, für die sich mein Vater interessierte und in die er Geld steckte. Für die Bremse reiste er häufig im Lande herum, hatte Besprechungen da und dort, auch in Paris: er war von der Sache überzeugt und hatte sich in den Kopf gesetzt, auch andere davon zu überzeugen. Er nahm mich oft mit, wenn er in den stillen Hinterhof ging, den Wagen rollen und im Lauf die Bremse wirken ließ; es glückte oft und oft glückte es nicht, dann wurden Verbesserungen vorgenommen, wozu ein Mechaniker in einer nahen Holzbude besonders angestellt war. Eines Abends nun, als wieder eine Neuerung angebracht war, versuchte der Vater die Bremswirkung auszulösen, indem er seinen braunen Spazierstock mit dem Horngriff, den er viele Jahre schon besessen hatte, vor das herabrollende Wagengestell quer über die Schienen legte; doch statt daß der Stock den Bremshebel einschnappen ließ, wurde er von diesem geknickt und gebrochen. Der Wagen rollte mit höhnischem Lärm über die Unfallstelle hinweg und am Boden unter den Schienen lagen die zwei zersplitterten Bruchstücke des treuen, starken Stockes. Mein Vater war sehr erstaunt und mißmutig, ich sah es ihm an und hätte mich am liebsten vor Scham verborgen, aber ich war nun einmal dabei und Zeuge des Unglücks gewesen, dessen Bedeutung für den hartnäckigen Mann ich mehr spürte als begriff. Immerhin, auch mir war der Stock mit dem rauhen Handgriff lieb gewesen, er hatte zum Vater gehört, soweit meine Gedanken zurückreichten, und ich hatte oft mit ihm spielen dürfen. Eine Weile hoffte ich, daß mir der Horngriff wenigstens nun zufallen würde, aber als ich sah, mit welcher schmerzlichen Wut der Vater die Splitter in einen Winkel des Hofes schmiß, wagte ich nicht mehr daran zu rühren. Nun, die neue Mutter schenkte dem Vater sofort einen neuen Stock, schwarz, glatt und vornehm; verstand ich sie recht, so hoffte sie, der Untergang des alten Stockes habe den Vater auch von seinem verbohrten Eifer für die Bremse geheilt, dafür schien ihr das Opfer nicht zu groß. Diese Hoffnung war falsch, der Vater zuckte ärgerlich die Achseln. Immer wieder, auch während den Liestaler Jahren, mußte er zu Unterredungen verreisen, immer wieder kamen Telegramme, fremde Namen wurden bei Tisch laut, zu denen die Mutter den Kopf schüttelte; sie fürchtete Schlimmes von dieser Erfindung, die keinen Käufer fand.

Dann aber überstrahlte ein Ereignis alle Schatten: eine schweizerische Nationalbank war gegründet und mein Vater zum Direktor der Berner Abteilung gewählt worden. O ja, die neue Mutter hatte wieder einmal einen Ruck am Fädchen getan, einen entscheidenden Ruck, der die Familie nach Bern schnellte. Als der Traum Wirklichkeit wurde, schwarz auf weiß in der Zeitung des Städtchens stand, glaubten wir Kinder noch immer nicht recht daran, aber die Mutter weinte vor Glück. Es war, als ob sie ein Schiff, das nicht mehr besonders seetüchtig gewesen war, kühn und erfolgreich in den Hafen gesteuert hätte; nun sah sie nur den festlichen Strand vor sich, farbige Wimpel, winkende Freunde, Wohlbehagen und Sicherheit.

Im Taumel unserer Freude verlor ich das Bewußtsein für den Abschied von Liestal, von dem alten Haus, von der Gartenwildnis und dem Frieden der Wälder, die allenthalben das Tal umstanden. Nun waren mit einemmal die grauen Häuser um mich, Türme und die schattigen Arkaden; Brücken waren da hoch über dem grünen Aarewasser und das Münster, und unter den Kuppeln in den Bundeshäusern saßen Männer, die man vom Hörensagen und aus dem Schülerkalender kannte und von denen die Mutter wie von guten Freunden sprach; das alles war erstaunlich und unfaßbar wie das weiße Gezack am fernen Horizont, dem man doch so nahe gekommen war, daß man es zu den Dingen des täglichen Lebens zählte, jedenfalls an guten Tagen.

Und gut und leichtfüßig stiegen jetzt so viele Tage über den Rand meines Lebens empor. Ich wanderte in eine neue Schule. Hatte mein Vater es nicht beharrlich durchgesetzt, daß ich in die meinem Alter entsprechende Klasse aufgenommen wurde, obwohl mein Latein bei der Prüfung bald einmal zu Ende und der ängstliche Rektor voller Vorbehalte gegenüber dem Kleinstädter gewesen war? Eine dunkelblaue Mütze mit rotem Streifen bezeugte vor aller Welt die Zugehörigkeit zu einer neuen Gemeinschaft, die ihre eigenen Gesetze zu haben schien. Gesetze der Kameradschaft, Grundsätze einer bubenhaften Weltanschauung bergen immer einen mächtigen Zwang in sich; ich hatte mich ihm zu beugen. Was mich am meisten überwältigte: daß von den Berner Buben Heim und Eltern offenbar nicht verleugnet oder als Bagatelle verschwiegen wurden, daß man sich zu Hause aufsuchte und traf, nicht bloß auf abgelegenen Spielplätzen und in heimlichen Schlupfwinkeln. Das war neu, bundesstädtisch, gesittet; ich begann am eigenen Leib die Luft zu spüren, die den erzieherischen Reformen der Berner Mutter ihre sieghafte Kraft gegeben hatte, und da ich die Luft nun selber atmete, gab es kein Sträuben mehr gegen sie – in ihr galt es zu leben, und man lebte ja ganz gut in ihr.

Im Mai waren wir nach Bern gezogen, unsere Wohnung war noch nicht ganz eingerichtet und die Sommerferien standen schon im Tastbereich ungeduldiger Erwartungen – da wurde ich an einem Vormittag aus der Schule heimgerufen. Es war in der Geschichtsstunde, bei einem Lehrer, der wegen seiner sehr lässigen Güte bekannt und beliebt war. Er trug seine Geschichte fesselnd und in amüsanten Wendungen vor, schien es aber nicht übelzunehmen, wenn man ihm trotzdem nicht zuhörte. Ich war nicht bei der Sache, mir waren die Gedanken plötzlich am frühen Morgen wie verwirrt und der Sinn wie vor Angst ergriffen worden: ich dachte an etwas Fernes, aber ich wußte nicht, woran ich dachte. Mit einemmale fragte mich der Lehrer – was sonst gar nicht seine Gewohnheit war – nach dem, was er eben erzählt habe; ich verstand kaum seine Frage und fand keine Antwort. Er schalt mich, warf mir meine Unaufmerksamkeit vor, da pochte es an der Tür. Er ging hin, trat in den Gang hinaus, zog die Tür nach einer Weile hinter sich ins Schloß. Dann kam er zurück, ganz nahe zu mir, legte mir eine Hand auf die Schulter und sagte leise: »Du mußt jetzt heimgehen«. Ich packte meine Schulmappe zusammen und verließ das Zimmer ohne Gruß; ich war so verwirrt und so angsterfüllt, daß man mir alles hätte befehlen können, ich würde es gedankenlos ausgeführt haben.

Mein Vater war in der ersten Morgenstunde, kaum hatte sein Arbeitstag begonnen, plötzlich gestorben. In dieser Stunde brach auch meine Kindheit jäh und ohne Gnade ab.

Über tredition

Eigenes Buch veröffentlichen

tredition wurde 2006 in Hamburg gegründet und hat seither mehrere tausend Buchtitel veröffentlicht. Autoren veröffentlichen in wenigen leichten Schritten gedruckte Bücher, e-Books und audio-Books. tredition hat das Ziel, die beste und fairste Veröffentlichungsmöglichkeit für Autoren zu bieten.

tredition wurde mit der Erkenntnis gegründet, dass nur etwa jedes 200. bei Verlagen eingereichte Manuskript veröffentlicht wird. Dabei hat jedes Buch seinen Markt, also seine Leser. tredition sorgt dafür, dass für jedes Buch die Leserschaft auch erreicht wird.

Im einzigartigen Literatur-Netzwerk von tredition bieten zahlreiche Literatur-Partner (das sind Lektoren, Übersetzer, Hörbuchsprecher und Illustratoren) ihre Dienstleistung an, um Manuskripte zu verbessern oder die Vielfalt zu erhöhen. Autoren vereinbaren direkt mit den Literatur-Partnern die Konditionen ihrer Zusammenarbeit und partizipieren gemeinsam am Erfolg des Buches.

Das gesamte Verlagsprogramm von tredition ist bei allen stationären Buchhandlungen und Online-Buchhändlern wie z. B. Amazon erhältlich. e-Books stehen bei den führenden Online-Portalen (z. B. iBookstore von Apple oder Kindle von Amazon) zum Verkauf.

Einfach leicht ein Buch veröffentlichen: **www.tredition.de**

Eigene Buchreihe oder eigenen Verlag gründen

Seit 2009 bietet tredition sein Verlagskonzept auch als sogenanntes "White-Label" an. Das bedeutet, dass andere Unternehmen, Institutionen und Personen risikofrei und unkompliziert selbst zum Herausgeber von Büchern und Buchreihen unter eigener Marke werden können. tredition übernimmt dabei das komplette Herstellungs- und Distributionsrisiko.

Zahlreiche Zeitschriften-, Zeitungs- und Buchverlage, Universitäten, Forschungseinrichtungen u.v.m. nutzen diese Dienstleistung von tredition, um unter eigener Marke ohne Risiko Bücher zu verlegen.

Alle Informationen im Internet: **www.tredition.de/fuer-verlage**

tredition wurde mit mehreren Innovationspreisen ausgezeichnet, u. a. mit dem Webfuture Award und dem Innovationspreis der Buch Digitale.

tredition ist Mitglied im Börsenverein des Deutschen Buchhandels.

Dieses Werk elektronisch lesen

Dieses Werk ist Teil der Gutenberg-DE Edition DVD. Diese enthält das komplette Archiv des Projekt Gutenberg-DE. Die DVD ist im Internet erhältlich auf **http://gutenbergshop.abc.de**

FSC
www.fsc.org
MIX
Papier | Fördert
gute Waldnutzung
FSC® C083411

Zeitfracht Medien GmbH
Ferdinand-Jühlke-Straße 7
99095 Erfurt, Deutschland
produktsicherheit@kolibri360.de